Hätte der tote Michael gewusst,
wie sich seine Entdeckung
entwickeln würde, hätte er sich
abwartend verhaltend.
Zwar wurde durch ihn eine
Unterschlagung entdeckt, aber
sicherlich rechtfertigte das nicht
seinen Tod.

Herstellung und Verlag:
BoD - Books on Demand, Norderstedt
ISBN 978-3-8423-5726-6

Ausbildungen zum :
Koch, Kunststoffwerker GFK,
Qualitätsprüfer, Feinmechaniker

Fam.-Stand : Verheiratet

Beruf: Rentner,

Schon vor Jahren habe ich mich
künstlerisch betätigt.
Musik - Gitarre und Keyboard
Malerei- Einige regionale Ausstellungen

Schrifttum :
1. Buch: Zwischen Jugend und Alter

2. Buch: Begegnungen eines Wanderers

3. Erinnerungen,
   Zusammenfassung der Bücher 1 u. 2.
   biografischen Liedertexten,
   Gedichten und einem
   Kurzreisebericht - Bodensee
4. Bildband - Bilder können die Welt
   die Welt bedeuten, einige Bilder meiner
   Malkunst
5. Hyox - Ein Wassermolekül erzählt...
            Kinderbuch ab 10 Jahren

Personen:

Paul Brant, Hauptkommissar

Armin Becker, Kommissar

Peter Keller, Kommissar

Michael Köster 1. Tote

Lisa Janke, Verlobte von Michael

Klaus Immer, Kollege von Michael

Dr. Erbracht, Chef von Michael

Herr Meyer, Abteilungsleiter v. Michael

Frau Gliss, Nachbarin von Micha

Lianne, Lebensgefährtin v. Armin

Harry Lojewski, fieser
Bursche
Gerd Hansen, Kollege
KTU
Frau Dr. Abel,
Pathologin
Herman Deubel,
Krimineller
Lotti, Wirtin
Herr Berger, 1. Zeuge
Herr Karski, 2. Zeuge
Jan van Heugen, Neffe
von Frau Erbracht
Kommissarin Lena Elftal
Irmgard Brant, meine
Frau

Mit einem Mord fing alles an!

Mein Name ist Paul Brant, ich bin Hauptkommissar bei der Kripo in Düsseldorf. Diese Stadt ist ja nicht gerade als Mekka für Kriminelle bekannt, aber auch bei uns gibt es böse Menschen.

Ich erzähle Ihnen die Geschichte von einem Mord, mit dem alles anfing.

Michael schloss als letzter langsam die Tür seines Büro`s. Es war zwar erst Donnerstag, aber er fühlte sich schon, als hätte das Wochenende begonnen. Morgen würde Lisa endlich mit der Maschine aus Paris kommen. Sie flog die Route New York-Paris-Düsseldorf zweimal wöchentlich hin und zurück. Er freute sich schon auf sie.
Aber die Unstimmigkeiten in der Datei machten ihm doch einige Sorgen.
Unregelmäßigkeiten in einigen Abrechnungen waren ihm aufgefallen. Nicht Kleinigkeiten, sondern mindestens einige Hunderttausend! Wenn er es recht überlegte, hatte war es ihm schon vor Wochen aufgefallen. Er hatte es aber nicht zu deuten gewusst. Als er seinen Freund darauf angesprochen hatte, ist der beinahe ausgerastet.
So hatte er ihn noch nie gesehen. Langsam stieg er die Treppe hinab und überlegte was seinen Freund und

Kollegen dazu bewogen hatte.
Und der Abteilungsleiter Meyer?
Was wusste er?
Welche Schweinerei war ihm da
aufgefallen?
Ach was soll`s, jetzt war erst
einmal Feierabend, und er wollte
ein, zwei Haltestellen zu Fuß gehen
um dann die nächste Straßenbahn zu
nehmen.
Die letzten, noch immer warmen
Sonnenstrahlen verprachen einen
schönen Herbstabend und luden zu
einen kleinen Fußmarsch ein.

Es waren noch relativ viele Leute
unterwegs.
Er schlenderte durch die Straßen und
sagte zu sich, wie gut es ihm doch
ging. Wenn da nicht schon wieder in
seinem Hinterkopf der Gedanke war,
dass etwas in seiner Firma nicht mit
rechten Dingen zuging.
Morgen würde er mit Dr. Meyer über
diese Geschichte reden, als er
plötzlich von hinten angerempelt
wurde.
Er verspürte einen stechenden
Schmerz in der Brust.

Als Michaels Körper den Boden
berührte, war er bereits tot!

Sicher und pünktlich um Dreizehn Uhr
landete am Freitag nach einem kurzen
und ruhigem Flug, die Maschine aus
Paris auf dem Flughafen Düsseldorf-
Lohausen.
Nachdem die Passagiere ausgestiegen
waren, konnte auch Lisa und ihre
Crew das Flugzeug verlassen.
"Na Lisa, heute Abend mit Michael
verabredet?"
Lächelnd erwiderte sie:"Nein, leider
erst morgen, Holger."
 Nachdem alle Formalitäten erledigt
waren, winkte ihr der beim
verlassen des Flughafengebäudes zu.
"Tschüß dann, bis Montag."
Langsam ging Lisa zu ihrem Auto, sie
hatte dort einen Dauerparkplatz.
Nach der Sichtungsrunde um ihren
Minni setzte sich hinein, schaltete
das Radio an und fuhr in Richtung
ihrer Wohnung los. Das Wetter war
ähnlich schön wie am Vortag und die

Sonne hielt, was sie am Morgen schon
versprochen hatte: Einen schönen
warmen Tag. Sie suchte flotte Musik,
erwischte aber nur Nachrichten.
In welcher Welt leben wir
eigentlich? Eurokriese, Terror,
Asylantenproblem, IS.....!
Also wenn schon Nachrichten, dann
sollten sie aus der Region sein. Sie
stellte Radio Düsseldorf 08 ein.
Bei der letzten Nachricht stutzte
sie. Ein Mann war auf der
Königstraße erstochen worden. Es war
ja beinah schon alltäglich, dass
irgend wo irgend jemand getötet
wurde.
- Aber diese Beschreibung des Toten.
Wieso fiel ihr auf einmal Micha ein?

Ach Quatsch, verbot sie sich jeden
weiteren Gedanken und fuhr zu ihrer
Wohnung.
Es war ein Appartement am Stadrand
von Düsseldorf.
Dort angekommen, schloss sie die Tür
hinter sich und stellte seufzend die
Tasche ab.
Eigentlich, es war mittlerweile
schon Nachmittag geworden, fühlte

sie sich müde, aber trotzdem wollte
sie noch ein Bad nehmen.
Sie steckte ihr mittellanges,
dunkelbraunes Haar hoch und stieg in
die Wanne. Warum rief Micha nicht
an? Er kannte doch ihre
Ankunftszeit. In diesen Gedanken
hinein läutete es an der Tür.
Michael ?
Ach was, er hat doch einen
Schlüssel. Einfach ignorieren,
dachte sie.
Doch es hörte nicht auf zu läuten.
Seufzend stieg sie aus der
Badewanne, legte sich ihren
hellblauen Frotteebademantel an. Auf
dem Weg zur Tür musste sie daran
denken, wie Micha ihn ihr bei einem
gemeinsamen Einkaufsbummel auf der
KÖ geschenkt hatte. An ihrer
Wohnungstür schaute sie, wie sie es
immer tat, durch den Spion. Der Mann
den sie sah war ihr zwar fremd, aber
er machte einen vertrauenvollen und
sympatischen Eindruck.
Vorsichtshalber legte sie aber die
Sicherheitskette an die Tür. Als sie
diese einen spaltweit geöffnet
hatte, stellte sich der Fremde vor.

Mein Kollege ist der Kommissar Armin
Becker. Bei der Kommissariatssitzung
am Freitag Morgen wurden uns die
Ermittlungen im Mordfall Michael
Köster übertragen. Die ersten Fakten
waren von der Spusi beziehungsweise
vom Kriminaldauer-Dienst in der
Nacht auf einigen Seiten
zusammengefaßt worden.
Zeugenaussagen, Feststellung der
Personalien des Toten, Dinge die der
Ermordete bei sich trug und das
Ergebnis einer ersten
Wohnungsdurchsuchung waren darin
festgehalten.
Mir wurden die Unterlagen übergeben,
doch mein Kollege, der wieder einmal
vor Eifer nicht zu bremsen war, zog
sie mir aus der Hand, um einen
ersten Blick hinein zu werfen.
Als wir später in unserem Büro
waren, hatte ich dann auch die Zeit
mich mit den Einzelheiten vertraut
zu machen.
Der Tote lebte alleine, aber laut
der Aussage einer Nachbarin, war er

verlobt. Der Name und die Anschrift
der Frau waren notiert. Ansonsten
war nichts wichtig erscheinendes für
uns zu erkennen.
Bevor ich am Nachmittag die
Nachricht von dem Tod eines Menschen
überbringen sollte, gingen Armin und
ich am Vormittag zur Pathologie.
Dort hatte die kompetente Frau Dr.
Abel ihr Reich.
Dieses befand sich entgegen,
landläufiger Vorstellungen, nicht in
irgend einem Kellergeschoß, sondern
zu ebener Erde im Gebäude, in dem
sich auch die Räumlichkeiten der
Spurensicherung und die der
Kriminaltechnischen-Untersuchung
befanden. Große Fenster ließen genug
Tagslicht in die Wirkungsstätte der
Frau Doktor, und das obwohl sich vor
den Fenstern eine Grünfläche mit
ausgewachsenen Kastanienbäumen und
Büschen befand. Die Wände waren
natürlich, wie wohl immer in
Pathologien, weiß gekachelt.
Auf ihrem Schreibtisch, der links an
der Wand befand, stand ein Foto
ihres Sohnes. Er war zum Zeitpunkt
der Aufnahme etwa Zwanzig Jahre alt.

Ich nahm mir vor sie bei Gelegenheit
nach dem aktuellen Alter zu fragen.
Nur so aus Neugier.
Immer wenn ich mit ihr zu tun hatte,
tauchte in meinen Gedanken die
Bezeichnung "Frau Metzger" auf. Oft
genug hatte sie uns schon so manches
Herz, Leber oder andere innere
Organe präsentiert. Ebenso wie ein
Mezger hinter seiner Ladentheke.
Aber ich war immer bemüht, sie ja
nichts von meinem, ihr zugedachten
Spitznamen, wissen zu lassen.
Zumal sie fast immer gutgelaunt ihre
eigentlich traurige Arbeit
verrichtet.
Sie war eine Frau von fünfundvierzig
oder fünfzig Jahren. So genau wußte
das keiner. Ihre dunkelbraunen
Haare, reichten ihr gerade bis zu
den Schultern. Das schmale Gesicht
passte ausgezeichnet zu ihrer
schlanken Figur. Sie war nicht das,
was man als ausgesprochene Schönheit
bezeichnen würde, aber dennoch
ziemlich attraktiv. Ihr Lächeln tat
sein Übriges dazu.
"Guten Morgen Frau Doktor Abel",
begrüßte ich sie und Armin schmiß

ein "Guten Morgen", hinterher.
Sie erwiederte unsere Begrüssung wie
immer freundlich, mit einen Lächeln
auf den Lippen. "Was kann ich für
sie tun? Sie sind bestimmt wegen des
Toten von der Königstrasse hier,
oder? Ich muß ihnen aber sagen, dass
ich ihn noch nicht obduziert habe.
Die Todesursache steht aber mit faßt
hundertprozentiger Sicherheit fest.
Er hat einen Stich von hinten in den
Rücken bekommen. Die Waffe drang
erst durch die Lunge und danach ins
Herz ein.
Der Arme war wohl auf der Stelle
tot.
Was mir allerdings Kopfzerbrechen
macht, ist die Form des Einstiches.
Eine normale Messerklinge war es
sicherlich nicht, denke ich.
Der Todeszeitpunkt ist ja wohl
bekannt?"
Ich nannte ihr die Zeit, die uns die
SPUSI mitgeteilt hatte.
"Ja, das stimmt mit meiner
Überprüfung überein.
Für Sie beide bedeutet der Fall wohl
ein kurzes freies Wochenende, oder?"
"Da werden sie wohl leider Recht

haben, fürchte ich", war meine
Prognose. Nachdem wir uns artig bei
ihr bedankt hatten, verließen wir
diese "Metzgerei" mit dem üblichen
"Bis dann, Tschüß und machen sie es
gut."
Sie rief uns noch unkend
hinterher:"Aber gerne! Besuchen sie
uns bald wieder!"
Nachmittags bat mich mein Kollege,
nicht mit zur Verlobten des Toten zu
müssen. Er mochte diese Momente
absolut nicht.
Ich hatte Verständnis und bat ihn
wärend dessen zur Spurensicherung zu
gehen und sich nach Neuigkeiten zu
erkundigen. Er war wie immer für
meiner Großzügigkeit dankbar.

Am Donnerstag wurde ein geliebter
Mensch getötet und ich stand einen
Tag später vor der Tür seiner
Verlobten und musste diese
Todesnachricht überbringen.
Der Mann den sie liebte und mit dem
sie die Zukunft geplant hatte war
tot!
Da die Haustür, wie bei vielen
Häusern, unverschlossen war, konnte

ich die Wohnungstür der Verlobten
ohne zu schellen erreichen.
Auf mein mehrmaliges Klingeln
öffnete mir eine Frau die Tür einen
kleinen Spalt weit. Ich konnte die
Sicherungskette erkennen, die kein
weiteres öffnen zu ließ.
Ich stellte mich vor.
"Guten Tag, ich bin Hauptkommissar
Brant, von der Mordkommission
Düsseldorf", und zeigte ihr dabei
meinen Dienstausweis.

Sind Sie Lisa Jahnke, die Verlobte
von Michael Köster?"
"Ja, wieso?", fragte sie unsicher.
"Es tut mir leid Frau Jahnke, aber
ich muss ihnen eine traurige
Mitteilung machen", ich hasste
solche Momente.
„Darf ich vielleicht reinkommen? Ich
möchte es ihnen ungerne hier auf dem
Hausflur sagen."
Sie nahm die Kette von der Tür und
bat mich einzutreten. Vor mir stand
eine Frau um die Dreißig.
ihre schlanke, etwa Einmeterziebzig
grosse Figur war in einen
flauschigen, hellblauen

Frotteebademantel gehüllt.
Ihr nasses überschulterlanges
dunkles Haar hing ihr teilweise über
dem Gesicht.
Bei meinen Worten schaute sie mich
erstaunt mit grossen Augen an.
Nachdem ich im Flur war schloss sie
die Tür. Ich ging nach ihr in einen
Raum der eindeutig das Wohnzimmer
war.
Es war ein etwa zwanzig Quadratmeter
grosses Zimmer. Ich fand es war
durch die mäßig aber geschmackvollen
Dekorationen sofort die Hand einer
Frau zu erkennen. Eine gemütlich
anmutende Wohnlandschaft lud zum
bequemen Fernsehabend oder um ein
Buch zu lesen ein. Natürlich auch
zum kuscheln, aber das war ja jetzt
wohl vorbei.

Sie drehte sich in der Mitte des
Raumes zu um, und ich informierte
sie vom Tod ihres Verlobten.
"Ihr Verlobter wurde gestern auf der
Königstraße erstochen!"

Lisa Janke hörte meine Worte, aber
den Sinn begriff sie scheinbar

nicht. Man konnte ihr förmlich ansehen, was ihr durch den Kopf schoß.

Ihr Michael - erstochen? - Ermordet? ´- Warum? - Weshalb? -

Es musste eine Verwechslung sein. Es konnte nur eine Verwechselung sein!! Doch als sie in mein Gesicht blickte, wusste sie, dass es die Wahrheit war.

Im Wohnzimmer bemerkte ich wie sehr sie erschüttert war und leicht torkelte. Ich nahm ihren Arm und führte sie zu einem Sessel.

"Fühlen Sie sich stark genug mir ein paar Fragen zu beantworten?" Mir war etwas unbehaglich, aber so etwas gehört leider nun ebenfalls zu meinem Beruf, und ich musste diese Fragen stellen. Schließlich galt es, einen Mord aufzuklären.

Frau Jahnke nickte abwesend und war, so schien es, total durch den Wind. Bevor ich aber anfangen konnte, fragte sie mich:

"Woher haben Sie meine Adresse, und woher wissen sie, dass wir verlobt sind?"

"Eine Nachbarin von Herrn Köster war

so freundlich uns ihre Adresse zu geben. Sie sagte uns auch, dass sie mit Herrn Köster verlobt sind, beziehungsweise, waren.

Frau Jahnke, hatte ihr Verlobter Feinde?" begann ich meine Fragen.

"Nein, wie kommen Sie darauf? Er war ein netter, hilfsbereiter Mensch, der nur Freunde hatte."

"Wenn er nur Freunde gehabt hätte, läge er jetzt nicht in der Rechtsmedizin." konnte ich mir nicht verkneifen zu sagen.

"Vielleicht eine Verwechslung?" wagte sie einen hoffnungsvollen Versuch.

"Kaum, denn er hatte ja seinen Personalausweis bei sich."

Ich konnte ihr anmerken, dass sie der Verzweiflung nahe war, und dann stellte ich auch noch solch absurde Fragen.

"Entschuldigung, aber ich muss auch sie das fragen: Wo waren sie gestern zur Tatzeit?"

Ich hatte das Gefühl, dass sie mich wie durch eine Mauer aus Watte hörte.

"Wann war es denn genau? Ich bin

doch erst heute um elf Uhr aus Paris
kommend gelandet."
"Pardon, aber Paris ist ja nicht so
weit, und ich frage sie noch einmal.
Wo waren sie gestern in der Zeit von
18 bis 20 Uhr ?"
"Gestern sind wir aus den USA
kommend um 22 Uhr in Orly gelandet
und hatten bis heute um neun Uhr
frei.
Die Crew und ich waren immer
zusammen." "Dann ist ihr Alibi
perfekt, denn die Tat war nach
Zeugenaussagen gestern um 18.45.
Ich möchte Sie bitten morgen
Nachmittag ins Präsidium zu kommen
um Ihren Verlobten zu
identifizieren. Sagen wir um 14 Uhr?
Oder sind sie dann schon wieder in
der Luft?"
"Nein, nein. Ich rufe gleich bei der
Airline an.
Um 14 Uhr sagten sie? Ja, ist gut",
murmelte Lisa, „eh, wo ist das
Präsidium eigentlich und an wen
wende ich mich dort?" Ich klärte sie
auf:„Die Straße heißt: Am
Rosengarten. Sie können es nicht
übersehen, denn am Gebäude ist ein

großes Schild angebracht.
Fragen sie am Eingang nach mir.
Hauptkommissar Brant. Ich komme dann
zu ihnen, und wir gehen gemeinsam
zur Rechtsmedizin."
Während ich mich verabschiedete und
zur Tür ging, war ich mir sicher:
Diese Frau wurde in einer tiefen
Trauer und mit großer Leere von mir
zuück gelassen.

Am Samstagmorgen, 8.30 Uhr im Büro,
ich begoss gerade meine geliebten
Kakteen, als mein Mitarbeiter
Kommissar Armin Becker sich zur
ersten Bestandsaufnahme der Fakten
einfand.
Seit drei Jahren arbeiteten wir nun
schon zusammen und sind in dieser
Zeit zu einem freundschaftlichen
Team zusammen gewachsen. Wenngleich
ich mit meinen zweiundfünfzig fast
Fünfzehn Jahre älter war, verband
uns doch über die Arbeit hinaus eine
Vielzahl gemeinsamer Ansichten und
ein Hobby, das wir beide liebten.
Wir waren begeisterte
Motorradfahrer. Dass er ein

eingefleischter Junggeselle war, erleichterte die Zusammenarbeit doch erheblich. Zumal er ein guter Kriminalist war und häufig einen Scherz auf den Lippen hatte. Aber vielleicht gehörte das mit dem Junggesellendasein auch schon der Vergangenheit an, denn seit einigen Wochen war er mit einer Lianne zusammen. Kennen gelernt hatte ich sie noch nicht, aber es schien, als wäre sie es, die ihn ´rum gekiegt hatte.

"`Morgen Paul, bist ja auch schon da."

"´Morgen Armin, du weißt doch, der frühe Vogel fängt den Wurm." Nachdem ich mein Gießkännchen wieder im Schrank verstaut hatte und Armin seine Jacke über einen Kleiderbügel gezogen und aufgehängt hatte, setzten wir uns jeder an seinen Schreibtisch. Da unsere Tische gegenüber standen, war ein Gespräch immer ohne Verrenkungen möglich.

"Na, was haben die Zeugenbefragungen vom Tatort denn ergeben?" fragte ich Armin. Er schaute in den noch flachen Hefter und erkannte:

"Leider wie immer, keiner hat etwas
Vernünftiges gesehen, aber alle
hatten 'was zu sagen."
Da so etwas ja bekannt war, nickte
ich verstehend und fragte:
"Welches Motiv mag der Täter wohl
gehabt haben, denn Raubmord können
wir ja wohl ausschließen. Er hatte
Papiere und sein Geld noch bei
sich."
Armin schlug vor:"Wir sollten uns
'mal in seiner Vergangenheit und
seinem Umfeld etwas genauer
umschauen."
"Wissen wir eigentlich wo der Tote
gearbeitet hat?", quetschte ich
zwischen den Bleistift kauenden
Zähnen hervor. Das war eine Unart,
die noch aus der Zeit stammte, als
ich mir das Rauchen abgewöhnt hatte.
Becker blätterte erneut in der
dünnen Akte und fand die Aussage
einer Nachbarin.
"Nach der Befragung der Frau Gliss:
Bei Erbracht Electronics."
Ich nahm fragend den Bleistift aus
dem Mund,
"Wer ist denn Frau Gliss?"
"Na, die Nachbarin! "

"Ach so, und wo ist diese
Elektronikfirma?"
Armins Blick vertiefte sich wieder
in die Akte, aber mit zuckenden
Schultern schaute er auf und sah
mich mit großen Augen an.
"Branchenbuch der Telekom....!",
flötete ich als der „Erfahrenre" ihm
zu. Während er das Telefonbuch aus
dem Schrank holte und die Adresse
suchte, erinnerte ich mich laut:
"Nur zu blöd, dass heute Samstag
ist, da können wir uns den Weg zu
seinem Arbeitgeber wohl sparen."
"Hier, ich hab´s, Erbracht-
Elektronics, Marienstr 12.
Das ist ja nicht weit vom Tatort!".
"Ruf doch´mal da an! Vielleicht ist
ja heute doch jemand im Betrieb mit
dem wir uns unterhalten können,"
schlug ich meinem Kollegen vor.
Während Armin telefonierte überlegte
ich, wie wir den Tag einteilen
sollten, denn am Nachmittag kam die
Verlobte des Opfers zur
Identifizierung.
"Laut Angabe der Dame am Empfang ist
der Chef bis Mittag im Haus, sonst
ist nur noch der Hausmeister da",

gab Becker die Information an mich
weiter.

"Dann können wir uns ja Zeit lassen.
Was hältst du von einem Kaffee in
der Cafeteria? Ich lade dich ein",
schlug ich Armin nach einem Blick
auf meine Armbanduhr vor.

"Keine schlechte Idee", dankbar nahm
dieser die Einladung an.

Obwohl das Gebäude mehrere moderne
Aufzüge hatte bevorzugten wir immer
die Treppe um uns so ein wenig fit
zu halten. In den paar Minuten die
wir unterwegs waren, sprachen wir
nicht miteinander.

"Werdet ihr Morgen auf Tour gehen?",
wollte Armin wissen, als der warme
Kaffee vor uns stand. Mit i h r
meinte er meine Frau, mich und unser
Motorrad.

"Wenn das Wetter so bleibt, kannst
du sicher sein! Wir waren schon
lange nicht mehr im Sauerland.
Möchtest du nicht mitkommen?"

"Gerne, aber leider geht´s nicht.
Schwiegervater in Spe hat
Geburtstag, und da müssen wir hin",
bedauerte mein Kollege.

Nach dem Kaffee hatten wir uns bald auf den Weg zu dem Arbeitgeber des Toten gemacht.

Um 10.30 Uhr waren wir bei Erbracht "Was kann ich für sie tun?", fragte, mit einem Lächeln a´la Mona Lisa, die deutlich attraktivere Empfangsdame von Erbracht-Elektronics.
Wir zeigten unser Ausweise.
"Kripo Düsseldorf, wir hatten vorhin miteinander telefoniert. Ist Herr Erbracht noch im Haus?" fragte Armin ebenso freundlich lächelnd.
"Ja, der Herr D o k t o r Erbracht ist noch im Haus. Einen Moment bitte ich melde sie eben an", erwiderte die Dame.

Während dessen schauten wir uns bewundernt die Empfangshalle dieses modernen Gebäudes aus Glas und Beton in aller Ruhe an. Sie hielt jeden Vergleich mit einem Hotel der gehobenen Luxusklasse stand. Mehrere Sitzgruppen aus Leder, davor mit Marmor bedeckte Tische verteilten sich großzügig zwischen voluminösen

Grünpflanzen und chromglänzenden
Ablagen auf einem blauen
Veloursteppichboden. Eine Wand der
Halle war komplett mit Aufzügen
belegt, und durch die großen,
getönten Scheiben belebte ein
angenehm warmes Sonnenlicht die
Szenerie. Armin nickte beeindruckt
mit seinem Kopf, wobei er die
Unterlippe nach aussen stülpte.
"Herr Doktor Erbracht erwartet sie,
meine Herren. Nehmen sie bitte einen
der Aufzüge bis zur vierten Etage,
auf dem Flur links bis zum Knick und
dann gleich das erste Zimmer ist das
Büro vom Chef", holte die
Empfangsdame uns aus unserer Umschau
wieder zurück.

In der 4. Etage klopfte ich an die
besagte Tür, und wir warteten artig
auf das HEREIN.
Aber statt dessen wurde die Tür
geöffnet und ein mittelgrosser,
schlanker Mann, der die Fünfzig
deutlich überschritten hatte, trat
uns lächelnd einen Schritt entgegen.
"Womit kann ich der Polizei
helfen?", begrüßte der

Firmenbesitzer uns mit freundlicher
Zurückhaltung und lud uns mit einer
Handbewegung zum eintreten auf. Der
Firmenchef schloß hinter uns die
Tür. Während er zu seinem
Schreibtisch ging, stellte ich uns
vor.
"Ich bin Hauptkommissar Brant, und
das ist mein Kollege Becker. Wir
sind von der Mordkommission
Düsseldorf. Bei ihnen hat doch ein
Herr Köster gearbeitet?", begann ich
das Gespräch.
"Bitte nehmen sie doch Platz, aber
was meinen sie mit: Hat
gearbeitet?", wollte Doktor Erbracht
wissen.
Kollege Becker klärte ihn auf:
"Er ist das Opfer eines
Mordanschlages geworden."
"Wie bitte", der Chef war entsetzt,
"das ist doch nicht möglich!- Obwohl
– der Herr Meyer, sein
Abteilungsleiter, hatte sich schon
über sein Fehlen gestern gewundert.
Er hat nicht angerufen und auch
keine Nachricht, daß er etwas
vorhatte, hinterlassen.
Das ist eigentlich überhaupt nicht

seine Art. - Oder - war nicht seine
Art, muß man ja wohl nun sagen. Darf
ich Näheres erfahren?"
"Er wurde am Donnerstag kurz vor 19
Uhr auf der Königstrasse erstochen.
Wir sind noch am Anfang der
Ermittlungen und suchen zunächst
einmal nach dem Motiv.", befriedigte
ich zunächst des Doktors Neugierde.
"Sie vermuten dieses mögliche Motiv
hier bei uns in der Firma?"
"Wir müssen alle Möglichkeiten in
Betracht ziehen. Wir würden ganz
gerne einmal sein Arbeitsplatz
anschauen. Ist das möglich?" wollte
ich wissen.
"Aber ja. Natürlich, sein Büro ist
nur ein paar Türen weiter. Kommen
sie bitte mit", forderte Doktor
Erbracht uns auf.

Im Büro von Michael schauten wir uns
um und fragten mit welchen Aufgaben
er betraut gewesen war.
"Er war ein vorzüglicher EDV-und IT-
Fachmann in unserer Buchhaltung und
darüber hinaus bekleidete er noch
die Position unseres
Kundenaquisitors", lobte der

Firmenchef Michael.
"Kundenaquisitor? Was darf man sich
darunter vorstellen?", erkundigte
ich mich.
"Er pflegte die Kontakte zu unseren
Großkunden."
"Verstehe! Können sie uns sagen
womit das Opfer zuletzt beschäftigt
war?", meldete sich nun mein Kollege
zu Wort.
"Das tut mir leid. Da bin ich
überfragt, aber ich bin sicher, dass
ihnen Herr Meyer bestimmt weiter
helfen kann. Soviel ich weiß, hätte
Herr Köster am Montag einen
wichtigen Termin mit einem Kunden.
Schauen wir doch in seinen
Terminkalender."
Suchend beugte sich Dr. Erbracht
über den Schreibtisch und stellte
fest, dass kein Terminkalender da
war.
"Vielleicht hat er ihn ja mit
genommen", mutmaßte er.
"Wie es aussieht haben die Kollegen
aber weder bei ihm, noch in seiner
Wohnung etwas Ähnliches gefunden,"
sinnierte ich.
"Na gut, dann werden wir am Montag

wieder kommen und uns mit seinen
Kollegen unterhalten. Vielleicht
wissen die ja etwas, was uns weiter
hilft. Vielen Dank erst einmal und
trotzdem noch ein schönes
Wochenende."
Wir verließen Erbracht-Elektronics,
wobei Armin es nicht nehmen lies der
hübschen Empfangsdame noch ein
schönes Wochenende zu wünschen, was
diese aber nur oberflächlich
erwiederte. Wir wollten uns im
Präsidium noch anderen Fragen
zuwenden und auf den anstehenden
Identifizierungsbesuch von Lisa
Jahnke vorbereiten.

Unsere Mittagspausen an Samstagen
verbrachten wir in der Regel immer
getrennt. Ich fuhr zu meiner lieben
Frau nach Hause. Sie war eine gute
Köchin, und es war für mich immer
ein Genuss von ihr zubereitete
Mahlzeiten mit ihr gemeinsam zu
verspeisen. Sie konnte machen was
sie wollte, es schmeckte immer. So
wie auch an diesem Samstag.
Nachdem ich unsere Wohnung betreten
und meiner Irmgard ein

Begrüßungsküsschen gegeben hatte,
ging ich ins Badezimmer um mir die
Hände zu waschen.
„Du kannst schon ins Esszimmer
gehen. Ich bringe das Essen mit.‟
war laut die Stimme von Irmgard zu
hören.
Also tat ich wie mir „befohlen‟ und
begab mich in unser Esszimmer.
Eigentlich war es als Kinderzimmer
vom Vermieter gedacht, aber da wir
leider keine Kinder hatten, nutzten
wir es als Esszimmer.
Besteck und Servierten wahren schon
platziert. Kaum hatte ich Platz
genommen, servierte Irmgard wie eine
gelernte Kellnerin mit gekonntem
Schwung das herzhaft duftende
Gericht. Es war an diesem Tag der
schon lange versprochene Ungarische
Gulasch nach Szeggediner Art mit
Nudeln. - Himmlisch lecker!!!
Das Gläschen Rotwein musste ich mir
leider verkneifen, denn ich hatte ja
dienstlich noch zu arbeiten.
Somit stießen meine Frau mit Rotwein
und ich mit Mineralwasser an und
genossen das Essen.

Nach dieser, wie immer, wenn wir
samstags arbeiten mussten,
ausgiebigen Mittagspause fanden
Armin und ich uns wieder im Büro
ein.
"Na, was hat dir die Lianne denn
Leckeres gekocht?", wollte ich von
meinem Kollegen wissen. Lianne seine
aktuelle Lebensgefährtin hatte sich
zur Zeit bei ihm einquartiert, da
ihre Wohnung durch Umbaumaßnahmen
nicht wirklich bewohnbar, gescheige
denn, gemütlich war.
Ein wenig angewidert verzog er den
Mund. "Hühnerfrikassee mit Reis und
Salat", war die lapidare Antwort.
Schmeckte zwar nicht übel, aber es
ist nicht unbedingt das was ich
gerne esse. Zumal sie auch noch
Hühnerherze und deren Mägen mit
hinein macht. Aber sie hat es ja nur
gut gemeint und konnte es noch nicht
wissen, dass ich es nicht gerne mag.
Solange sind wir ja noch nicht
zusammen.
Und was gab´s bei dir?"
Ich erzählte von dem was Irmgard uns
gezaubert hatte, und sogleich kam
mein Kollege ins Schwärmen. Er hatte

schon einige Male bei uns gegessen und wusste wie gut es bei uns schmeckte, wenn Irmgard gekocht hatte.

Ich wechselte das Thema in dem ich mich wieder unserer Arbeit widmete.
"Armin, weißt du welche Fragen mir nicht aus dem Kopf gehen?" und gleich die Antwort gebend:
"Warum ist der Köster eigentlich nicht direkt mit der Bahn gefahren, die Haltestelle ist doch nur ein paar Meter entfernt und wenn der Mord kein Zufall war, wieso wusste der Täter davon?

Wo ist der Terminkalender und steht er in irgendeinem Zusammenhang mit der Tat?

Ich kann mir nicht helfen, aber ich glaube, dass wir bei der Suche nach einem Motiv, mit dem Terminkalender ein ganzes Stück weiter wären."

"Ja, und was war das für ein Tatwerkzeug?

Da ist sich die Frau Docktor ja auch noch nicht sicher", schloss Armin die Gedanken ab.

Pünktlich um 14 Uhr, ich hatte für

einen Moment unser Büro verlassen,
wurde Lisa von einem uniformierten
Kollegen, der bei uns auf der Etage
noch etwas anderes zu erledigen
hatte, zu unserm Büro geführt.
Nach dem üblichen anklopfen und dem
"Herein" trat sie mit den Worten
"Guten Tag. Mein Name ist Jahnke.
Ich soll mich heute bei einem
Hauptkommissar Brant melden", ein.
"Ach ja, guten Tag, ich bin
Kommissar Becker. - Es geht um die
Identifizierung des Michael Köster,
richtig?"
"Ja", erwiderte Michas Verlobte
knapp.
Sie hatte immernoch die Hoffnung,
dass es sich bei dem Toten nicht um
ihren Micha handeln würde, sondern
es irgendwie doch nur eine
Verwechselung war.
"Bitte nehmen sie doch noch einen
Moment Platz. Mein Kollege ist in
wenigen Minuten zurück. Kann ich
ihnen etwas anbieten. Vielleicht
einen Kaffee oder ein Wasser?
Der Hauptkommissar hat vorher noch
einige Fragen an sie".
"Nein danke, aber wenn ich darf,

würde ich gerne eine Zigarette
rauchen".
Mit den Worten:„Es tut mir leid,
aber rauchen ist in öffentlichen
Gebäuden leider verboten", musste
Armin der jungen Frau das Rauchen
untersagen.
Es war zwar noch ein Aschenbecher im
Schrank, aber der war nur noch ein
Relikt aus vergangenen Zeiten.
Obwohl wir beide vor über einem Jahr
aufgehört hatten zu rauchen, wollten
und konnten wir uns nicht von diesem
trennen. Er sollte uns immer daran
erinnern wie schwer es uns gefallen
war, dem Nikotin zu entsagen.

Vor meinem eintreten in unser Büro
konnte ich durch die
Milchglasscheibe der geschlossenen
Tür Stimmen vernehmen. Daraus schlo`
ich, dass Frau Jahnke schon anwesend
war.
Als ich eintrat, drehte sie sich zu
mir um.
"Guten Tag Frau Jahnke,
entschuldigen sie bitte meine
Verspätung, aber hatte noch etwas
mit einem Kollegen zu besprechen.

Schön, dass sie so pünktlich sind. Bevor wir in die Pathologie gehen, habe ich noch ein paar Fragen an sie, dann können sie nach der Identifizierung gleich wieder nach Hause fahren und müssen nicht nocheinmal mit hierauf kommen. Also, wir haben versucht Angehörige von Herrn Köster ausfindig zu machen, aber es ist uns nicht gelungen. Können sie uns da vielleicht weiter helfen?"

„Seine Eltern sind schon vor einigen Jahren bei einem Verkehrsunfall ums Leben gekommen, und soweit ich weiß, gibt es nur noch einen Onkel. Der lebt aber in Schweden oder Norwegen. Ich weiß nicht so genau. Er hat so gut wie nie von seiner Familie gesprochen."

„So, so", nickte ich überlegend. Ok, es erparte uns deren Befragung.

„Wissen sie etwas über seine Freunde oder Bekannten?"

„Ich weiß nur, dass er mit einem Arbeitskollegen befreundet ist. Ein Herr Klaus Immer. Sie spielen hin

und wieder Schach zusammen", wusste
Lisa zu berichten.
„Na gut, den werden wir ja dann am
Montag kennen lernen. Das war´s auch
schon – glauben sie, wir können nun
zur Identifizierung nach unten
fahren? Wenn sie wollen können wir
es dann auch gleich hinter uns
bringen."
„Ja, ja , es wird schon gehen, denke
ich." Lisa erhob sich und verließ
mit mir das Büro.

Der Kollege Becker dokterte weiter
an dem notwendigen ersten Bericht
herum. Er haßte es Berichte zu
schreiben, aber da er vor langer
Zeit einmal den notwendigen PC-
Lehrgang besucht hatte, war er von
mir dazu auserwählt worden, alle
Berichte zu schreiben.

Lisa wurde von der Frau Doktor
warmherzig begrüßt und langsam an
den Tisch geführt auf dem, mit einem
Tuch vollständig bedeckt, der tote
Michael Köster lag.
Noch hatte sie sie Hoffnung auf eine
Verwechselung. Als die Medizinerin

aber das Tuch vom Gesicht des Toten
abhob, war ihr letzter Funke
Hoffnung ausgelöscht und sie begann
fürchterlich zu weinen.
Voller Zärtlichkeit und dennoch
hilflos strich sie mit der rechten
Hand über seine Haare und geb ihm
einen letzten Kuss auf den nun
kalten Mund, der ihren so gerne
berührt hatte. Eigentlich hatte sich
damit die Frage, ob das ihr
Verlobter war, erübrigt, aber es ist
nun einmal Vorschrift zu fragen.
„Ist das Michael Köster?", stellte
ich die Frage.
Leise aber verständlich kam ein „Ja,
das ist Micha", über ihre Lippen.
Zögernd wand sie sich von ihren
Liebsten ab.
Ich verabschiedete mich noch mit
einem süß-sauren Dankesgruß bei der
Kollegin, den sie mit einem
bedauernden Schulter anheben
erwiderte.
Auf dem Weg zum Ausgang erkundigte
ich mich noch bei ihr, ob sie sich
um die Beerdigung kümmern würde, da
ja sonst keine Verwandtschaft
bekannt war.

Sie nickte nur, denn sprechen fiel
ihr offensichtlich schwer. Ich fügte
noch hinzu, dass sie benachrichtigt
würde, sobald der Leichnam beerdigt
werden könnte.
Sie versprach mir, dass sie für den
Heimweg ein Taxi nehmen wollte, denn
in ihrer damaligen Verfassung hätte
ich sie ungern mit ihrem Auto fahren
lassen.

Lisa hatte nun am zweiten Tag nach
Micha´s Tod immer noch nicht den
Tiefpunkt ihrer Trauer erreicht. Sie
wusste, dass es nach dem Abklingen
des Schocks erst richtig schwer
werden würde.
Immer wieder nahm sie sich das
gerahmte Foto von Michael zur Hand,
welches normalerweise in einem
Regalfach ihres Wohnzimmerschrankes
stand. Sie hatte ihn während eines
zweiwöchentlichen Urlaubes in den
schottischen Highlands fotografiert.
Beide liebten das raue Klima dieses
scheinbar wilden und unberührten
Landes. Aber nun …?
Der Gong der Türglocke riss sie aus
ihren Gedanken. Sie schaute zur Uhr,

auch eine Erinnerung, ein
gemeinsamer Einkauf.
18.12 Uhr, ist ja noch nicht spät –
aber wer mag das denn sein?
Mit müden Schritten ging sie zur Tür
und war nach dem öffnen etwas
überrascht.
Vor ihr stand Michas Kollege Immer.
„Hallo, Lisa. Stör´ ich dich? Ich
wollte zu Micha, aber zu Hause ist
er nicht. Er war gestern schon nicht
im Büro. Ist er vielleicht bei
dir?", begrüßte er Lisa.
„Eh, ah, eh..nein Michael ist tot!",
platzte es aus ihr unter Tränen
heraus.
"Eh, was ist los? Wieso tot? Was ist
passiert?", Immer glaubte nicht
richtig gehört zu haben.
"Er ist auf offener Strasse
erstochen worden. Die Polizei war
gestern bei mir und hat es mir
gesagt. Ich war heute zur
Identifikation in der Pathologie.
Wer macht denn bloß sowas?", ihre
Stimme klang hilflos.
"Ach du Scheiße! Das tut mir
wahnsinnig leid. Möchtest du, dass
ich bleibe? Vielleicht brauchst du

jemanden zum reden? Ich glaube, dass
es dir gut tut, wenn du jetzt nicht
alleine bist. Wie sieht´s aus? Darf
ich rein?"
„Ja, natürlich, komm."
Immer säuberte sorgfältig seine
Schuhsohlen, denn er wußte von
seinem ersten Besuch mit Michael,
dass Lisa einen sehr gepflegten,
aber auch empfindlichen Parkettboden
hatte.
Beide gingen in das geräumige
Wohnzimmer. Ihr Besucher wartete
nicht bis ihm von Lisa ein Platz
angeboten wurde, sondern ließ sich
rückwärts in einen der beiden
modernen, graumelierten
Polstersessel fallen .
„Nimm doch Platz," konnte Lisa sich
nicht verkneifen zu sagen, denn
eigentlich mochte sie Immer nicht.
Er war zwar Michas Freund, aber Sie
hatte es nie verstanden, wie dieser
Typ es geschafft hat die
Freundschaft von Micha zu erringen.
Klaus Immer war sich darüber im
klaren, dass er nicht der Besucher
des Jahres werden würde, aber er
musste wissen, ob Lisa von Micha

über den Inhalt der
Auseinandersetzung mit ihm,
eingeweiht worden war.
Er kam auch gleich zur Sache: „Also,
ich weiß, dass du mich nicht gerade
in dein Herz geschlossen hast, und
ich will auch nicht so tun als wäre
es so, aber diese Situation sollte
uns es einmal vergessen lassen. Ich
kann aber sagen, dass ich Micha auch
sehr vermissen werde. Obwohl wir vor
ein paar Tagen einen Streit im Büro
hatten. Weißt du etwas darüber?"
,wollte Immer wissen.
„Ja, Micha sagte so was in dieser
Richtung, als wir vor ein paar Tagen
telefoniert hatten"
„Hat er etwas genaues gesagt? Warum,
wieso?", Immer musste es genau
wissen.
Lisa hatte den Eindruck, dass es für
Michaels Kollege wichtig schien zu
wissen, ob ihr Verlobter von dem
Grund des Streites etwas erzählt
hatte.
„Nein, er hat nur gesagt, dass ihr
einen ziemlich heftigen Disput
hattet. Er war ganz schön
aufgewühlt. Worum ging es denn

dabei?" wollte Lisa wissen.

„Ach eigentlich war es nur eine alltägliche, berufliche Geschichte, es war gar nicht so schlimm, aber wie das nun ´mal so ist, wenn jeder glaubt im Recht zu sein, dann ist eine Einigung oft schwierig."

Innerlich hatte Immer befreit aufgeatmet als Lisa im versicherte, dass Micha nichts zu ihr von dem wahren Inhalt des Streites erzählt hatte.

Danach war er ein geduldiger und interessiert wirkender Zuhörer und Trostspender.

Aber nach etwa Zwanzig Minuten wollte er Lisa dann doch verlassen. Mit einem Blick auf seine Armbanduhr und den Worten: „Tja Lisa, ich habe leider noch eine Verabredung mit einem Bekannten. Aber wenn du willst, rufe ich ihn an und sage ab."

Da Lisa sowieso lieber alleine war, meinte sie, er brauche nicht absagen, es ginge schon, und sie würde alleine zurecht kommen.

Klaus Immer wuchtete sich aus dem bequemen Sessel und ging zur

Wohnungstür. Lisa folgte ihm sichtlich erleichtert. An der Wohnungstür drehte er sich zu ihr um und meinte, dass ihn der Tod von Micha sehr erschüttert hat und es ihm sehr leid tue.

Sie aber war froh, dass dieser unangenehme Besuch so schnell vorbei war.

Aufatmend schloss sie hinter ihm die Tür und ging kopfschüttelnd ins Wohnzimmer und machte zur Ablenkung den Fernseher an. Dabei interessierte sie das Programm eigentlich nur am Rande, aber sie hoffte dadurch etwas Ablenkung zu bekommen.

Sie befand sich im schlimmsten Wochenende ihres Lebens. Bei den Erinnerungen an ihren geliebten Micha und die nun verlorene Zukunft mit ihm waren viele Tränen geflossen. Was hatten sie sich nicht alles vorgenommen. Eine gemeinsamem Wohnung, Reisen und vielleicht auch ein oder zwei Kinder. Sie war ja noch nicht zu alt. Aber nun?....

Natürlich machte sie sich ebenfalls Gedanken, wer für diese schlimme Tat in Frage kommen würde.

Warum ging ihr der Klaus Immer nicht aus dem Kopf? Klar er war ihr nicht sympathisch, aber ist ihm so etwas zuzutrauen? Einem Bauchgefühl gehorchend, nahm sie sich vor, ihn zu beobachten.

Da sie ihren Jahresurlaub genommen hatte, verfügte sie über genügend Zeit. Aber dazu brauchte sie ein anderes Auto. Es konnte ja sein, dass Immer wusste welchen Wagen sie besaß. Minis gibt es selbst in Düsseldorf nicht so viele.

Gleich morgen wollte sie sich einen Leihwagen besorgen.

Armin und ich trafen uns am Montag pünktlich um neun Uhr im Büro. Nach der Kommissariatssitzung, auf dem Weg zu unserem Büro, wollte ich von meinem Kollegen wissen, wie denn der Besuch bei den Eltern seiner Lianne war. Er verfiel sofort in ein Stöhnen:"Erinnere mich bloß nicht daran. Die halbe bucklige Verwandschaft war versammelt. Über die, die nicht da waren wurde in vollem Umfang hergezogen. Es war die

Hölle! Gut, dass Lianne nicht so
ist. Sie ist wohl aus der Art
geschlagen, denn sie fand es genauso
wie ich zum kotzen. Nachdem wir den
Kaffe und Kuchen am Nachmittag
genossen hatten, haben wir uns dann
verkrümelt. Und ihr beide? Habt ihr
Spaß gehabt? Wo seit ihr denn
gewesen?"
Wir sind zur Listertalsperre
gefahren. Dort haben wir schön zu
Mittag gegessen. Danach rüber zum
Biggesee und in Attendorn haben wir
die Atta-Tropfsteinhöhle besichtigt,
danach am Abend haben wir im Schloß
Schellenberg, oberhalb von
Attendorn, lecker gegessen." Armins
Gesicht wurde immer "länger", was
ich auch gut verstehen konnte.
So gesehen war mein Sonntag ein
Vergnügen, gegenüber dem von meinem
Kollege. Vor einem der, in jeder
Etage aufgestellten dem Kaffe-
Automaten, hielten wir an. Armin
wollte sich einen mit ins Büro
nehmen.
Dort besprachen wir unser weiteres
Vorgehen.
„Ich würde sagen, du schaust dir das

Büro vom Köster noch einmal genauer
an, Wärend ich mir seine Kollegen
´mal vornehme, okay?", schlug ich
vor.
Eigentlich war es kein Vorschlag
sondern eine Anordnung, aber ich
glaube es gelang mir ganz gut nie
den Vorgesetzten heraus zu kehren
und trotzdem meinen Worten soviel
Gewicht zu verleihen, daß ein
Widerspruch so gut wie nie
stattfand. Auch dieses mal nickte
Armin zustimmend.
Beim eintreten in die Empfangshalle
von Erbracht-Elektronics stellten
wir mit leichtem Bedauern fest, daß
die hübsche Dame vom Samstag heute
leider keinen Dienst hatte. Statt
ihrer begrüßte uns ein etwa Fünfzig
jähriger Mann. Er machte auf mich
den Eindruck eines Frührentners, der
allerdings viel Freude an seiner
Aufgabe hatte.
Nachdem wir unser Anliegen
vorgetragen hatten und dem üblichen
Telefonat, konnten wir beim
Firmenchef vorstellig werden.
"Gut, dass sie so früh gekommen
sind", begrüßte dieser uns und kam

mit ausgesteckter Hand auf uns zu.
Seine Bewegungen ließen erahnen,
dass er zielstrebig und erfolgreich
war.
„Ich habe Herrn Meyer schon von dem
traurigen Ereignis in Kenntnis
gesetzt.
Wenn sie möchten können wir ihn
sofort aufsuchen. Ich begleite sie
dorthin."
„Sehr gut. Aber mein Kollege möchte
sich noch einmal im Büro von Herrn
Köster umsehen, wenn sie gestatten,"
klärte ich dem Chef über unser
Vorhaben auf.
Mit den Worten „Kein Problem. - Ich
denke wir sollten dann...", öffnete
Ehrbracht seine Tür und wir
verließen das Zimmer.
Ich hatte nicht ´mal Zeit gehabt,
mir sein Büro anzusehen. Das ist
eigentlich eine Angewohnheit von
mir. Wärend meiner Ausbildung vor
vielen, vielen Jahren wurde uns
vermittelt, dass die Einrichtung
eines Zimmers oder eines Büros
Rückschlüsse auf die Person, die
dort wohnen oder arbeiten, zulassen.
Obwohl ich mittlerweile gelernt

hatte, dass es nicht immer stimmt, konnte ich bis heute diese Verhaltensweise nicht ablegen.

Auf dem Weg zu Meyer`s Büro kamen wir zunächst an Micha`s Bürotür vorbei.

"Das ist das Büro von Herrn Köster", dabei wies der Chef auf die Tür.

Becker wollte sie öffnen, doch sie war verschlossen,

„Ich habe das Büro abgeschlossen, damit niemand von den Kollegen hinein geht und ihnen unter Umständen die Arbeit erschwert. Warten sie, ich mache ihnen auf."

Schnell hatte Ehrbracht den Schlüssel zu Hand und ließ Armin eintreten.

„Vielen Dank", war noch von ihm zu hören, und schon war er in Micha´s Büro verschwunden.

Schweigend gingen der Chef und ich zum Büro des Herrn Meyer.

Hierbei war es mir möglich flüchtig die dekorativen Bilder an den Wänden zu bewundern. Sie waren zwar nicht mein Geschmack, aber ich fand sie passten exakt in diesen mit braunem Velours ausgelegten Flur. Einige

grüne Topfpflanzen verliehen dem
Ganzen fast einen
wohnzimmerähnlichen Charakter.
Milchige Glaskuppeln ließen den
ganzen Gang hell und freundlich
erscheinen.
´Wenn bei uns im Präsidium die Gänge
so wären, würde ich meinen
Schreibtisch auf den Flur bringen
lassen,´ dachte ich noch, dann waren
wir schon vor Meyer´s Büro.
Der Firmenchef klopfte kurz an. Ohne
ein "Herrein" abzuwarten öffnete der
die Tür und wir traten ein.
Der Abteilungsleiter erhob sich aus
seinem Sessel, als er Herrn Erbracht
erkannte und kam auf uns zu.

Meyer war etwa vierzig Jahre alt,
hatte aber schon einen leichten
Glatzenansatz, und einen gerundeten
Bauch, der von einer weiten,
hellgrauen Anzugjacke versteckt
werden sollte. Obwohl ihr das aber
nicht ganz gelang, wirkte er auf
mich nett und kompetent.
Nach der Vorstellung und Begrüßung
folgte von Dr. Erbracht eine
Erklärung warum ich ihn sprechen

wollte. Michaels Vorgesetzter war
über den Tod seines Untergebenen
sehr bestürzt. Der Chef des Hauses
verabschiedete sich von mir und
verließ uns.
Ich kam gleich zur Sache.
"Herr Meyer, sie können uns doch
sicherlich sagen, womit der Tote zur
Zeit beschäftigt war."
"Eigentlich war im Moment nichts
außer gewöhnliches. Nur der Termin
Heute mit einem Kunden. Ein Herr
Turm von der Firma Schura-Elektrik,
aber da ging es nur um die Planung
eines Arbeitsessen auf Chefebene.
Sie fragen am besten ´mal seinen
Kollegen und Freund Herrn Immer.
Warten sie bitte." Meyer griff zum
Telefon und beorderte den Kollegen
in sein Büro.
Ich nutzte die Wartezeit um mich in
diesem Büro umzusehen.
Es unterschied sich natürlich in
Größe und Ausstattung von dem seines
Chefs, soviel hatte ich von dessen
Büro doch noch erkennen können. Ich
konnte aber in diesem Büro eine
geschmackvolle und zweckmäßige
Einrichtung feststellen.

Kurze Zeit später betrat ein dunkelhaariger, in seinem Äußeren sympathisch erscheinender Mann das Büro. Er war ungefähr dreißig Jahre alt und trug ein blau-weiß kariertes Baumwollhemd unter seinem dazu passendem Pullover und eine graue Flanellhose. Schwarze modische Schuhe rundeten das Bild ab.

„Sie hatten mich rufen lassen, Herr Meyer?"

"Ja, gut, daß sie so schnell gekommen sind."

Er wand sich mir zu und stellte mich vor.

„Ich nehme an, daß ihr Freund getötet wurde, wissen sie ja bereits."

Dies war mehr eine Feststellung, als eine Frage von mir.

"Ja, Frau Jahnke, seine Verlobte, hat mich am Wochenende schon davon informiert.

Es ist so schrecklich! Ich werde sie in den nächsten Tagen erneut aufsuchen. Vielleicht benötigt sie etwas Unterstützung"

Herr Immer sah bei diesen Worten sehr betroffen aus.

Ich wollte von ihm wissen:„Sie
können uns vielleicht weiter helfen.
Wir vermissen den Terminkalender des
Verstorbenen. Wissen sie etwas über
dessen Verbleib, oder kannten sie
seine Pläne?
- Sowohl betrieblich als auch
privat?", wollte ich wissen.
"Seinen Timer nahm er normalerweise
abends immer mit, aber was zur Zeit
bei ihm aktuell war kann ich ihnen
auch nicht sagen.
Er hielt sich diesbezüglich sehr
bedeckt. Wir hatten öfter deswegen
leichte Unstimmigkeiten. Aber so war
er nun einmal."
wusste Klaus Immer zu berichten und
fügte hinzu:
"Privat wollte er am Wochenende
seine Verlobte mit einer gekauften
Eigentumswohnung überraschen.
Die beiden wollten ja bald heiraten.
Ansonsten ist mir nichts bekannt."
"Na gut, vielen Dank Herr Immer.
Wenn wir noch Fragen haben werden
wir uns bei ihnen melden.
Seien sie doch so nett und schreiben
mir ihre Adresse und Telefonnummer
auf, dann brauchen wir sie nicht

immer von der Arbeit abhalten", bat
ich ihn.
„ Aber ja doch." Er zückte seinen
Schreiber aus der rechten
Brusttasche und schaute sich suchend
nach einem Stück Papier um.
Meyer entnahm einen Zettel aus einer
Zettelbox die auf dem Schreibtisch
stand und reichte ihn Immer. Nachdem
er seine Daten aufgeschrieben und
dem Kommissar gegeben hatte, verließ
er wieder das Büro seines
Abteilungsleiters.

Als wir wieder alleine waren,
äußerte der Abteilungsleiter noch
einen schwerwiegenden Verdacht:
"Herr Hauptkommissar, eigentlich
wollte ich es erst bekannt machen,
wenn ich stichhaltige Beweise habe.
Deshalb wurde die Geschäftsleitung
auch noch nicht informiert. Aber
vielleicht ist es für ihre Arbeit
von Wichtigkeit. Also, ich habe den
Verdacht, dass Herr Köster Geld
unterschlagen hat. Viel Geld!"
"Um welche Summe handelt es sich
dabei?" wollte ich natürlich wissen.
Zumal ich sehr erstaunt war. Wenn

das zuträfe, lag dort vielleicht ein mögliches Motiv.
"Ungefähr Zweihunderttausend Euro", hörte ich Meyer sagen.
"Das sollten sie uns unbedingt näher erläutern. Können sie heute, sagen wir um 17 Uhr, ins Präsidium kommen?"
"Ja, das ist kein Problem."
Da ich das Gespräch am Nachmittag weiterführen wollte verabschiedete ich mich von dem Abteilungsleiter. Mein Kollege, der vor Michas Büro gewartet hatte, in dessen Büro nichts gefunden hatte, was für uns von Bedeutung hätte sein können, verließen wir das Gebäude der Firma Erbracht.

Wieder im Büro setzten wir uns mit selbstgebrühtem Kaffee erst einmal an unsere Schreibtische, genauso wie man das in hunderten von Kriminalfilmen immer sieht.
Leider war dieser Mord kein Verbrechen, welches sich ein Drehbuchautor ausgedacht hatte, und dessen Aufklärung am Ende immer feststand. Es war auch kaum zu

erwarten, daß es in diesem Fall eine
aktionsreiche Verfolgungsjagd geben
würde.
Nein, dies´ war ein ganz normaler
Mord! Aber was ist bei einem Mord
schon normal? Es würde viel
Routinearbeit auf uns zu kommen.
Fragen deren Antworten gefunden
werden mussten.
Unzählige Gespräche werden geführt
werden müssen, ohne zu wissen, ob am
Ende die Lösung dieses Falles dabei
heraus kommt.
Aber so ist die wirkliche
Polizeiarbeit nun einmal und nicht
wie im Film.
Doch Gott sei Dank werden die
Schuldigen in der Regel meistens
doch gestellt und verurteilt.
"Wir sollten uns ´mal intensiv mit
der Vergangenheit des Toten
beschäftigen", schlug schlug ich
Armin vor.
Dieser nickte zustimmend und fragte
zurück:
"Was hälst du davon, wenn wir eine
Aufgabentrennung vornehmen? Einer
durchforstet den privaten Bereich
und einer den beruflichen."

"Ist ´ne gute Idee! Da das berufliche wohl viel mit Computer zu tun haben wird, wirst du diesen Part übernehmen, denn du bist der jüngere und kennst dich besser mit dieser Technik aus. Ich schaue ´mal, ob ich in seinem Privatleben etwas finden kann, was den Verdacht des Abteilungsleiters wegen der Unterschlagung bekräftigt. Bankkonten, Ausgaben und so. Woher kommt das Geld für die Eigentumswohnung? Selbst, wenn er es langfristig finanziert, ein Grundkapital muss ja vorhanden gewesen sein."
"Da wir leider noch keine Ahnung haben warum man ihn umgebracht hat, dürfen wir den Terminkalender aber auch nicht außer Acht lassen. Etwas muss darin gestanden haben, bzw noch stehen, was für den Mörder sehr kompromitierend sein wird, sonst wäre er ja nicht verschwunden.", führte mein Kollege die Überlegung weiter.

Um 17.00Uhr erschien pünktlich der

Abteilungsleiter Meyer in unserem
Büro.
Nach dem wir uns begrüsst hatten und
endlich saßen, bat ich ihn uns doch
bitte mitzuteilen, wie er zu dem
Verdacht gekommen sei, dass Micha
Geld unterschlagen hätte.
„Wir lassen alle Halbejahr eine
Zwischenrevision machen. Das wird
nur bekannt gemacht, wenn es
Unstimmigkeiten gibt. Vor drei
Wochen war es wieder so weit. Dabei
ist aufgefallen, dass es
Unstimmigkeiten gibt. Leider ist das
so geschickt gemacht worden, dass
sich die Revisoren noch nicht sicher
sind, wie und auf welchem Weg das
ganze stattgefunden hat.
Aber vieles soll daraufhin deuten,
dass es vom PC des Herrn Köster
eingeleitet wurde.
Aber bis zur entgültigen Klärung
kann es noch ein Weilchen dauern.“
„Aber warum ist er erstochen
worden?“, wunderte sich mein
Kollege.
„Warten wir erst einmal ab, ob und
wenn ja, was die Spurensicherung bei
der erneuten Durchsuchung in seiner

Wohnung gefunden hat", warf ich ein, und an unseren Besucher gewand: „Herr Meyer, vielen Dank, dass Sie so nett waren und zu uns ins Kommissariart gekommen sind. Im Moment haben wir keine weiteren Fragen an sie, oder?" Beim letzten Wort schaute ich meinen Kollegen fragend an, doch dieser schüttelte den Kopf.
Der Abteilungsleiter stand auf, reichte uns die Hand mit den Worten:„Es wäre schön, wenn sie mich auf dem Laufenden halten würden." Wir versicherten es ihm, und er verließ das Büro

Da wir unsere getrennten Aktivitäten, auf Grund der späten Stunde, auf den nächsten Tag verlegen mussten, vertieften wir uns in die wenigen Einzelheiten, die wir bis jetzt zusammen getragen hatten. Ich nahm mir für den nächsten Tag vor der Spurensicherung, welche in dem Nebengebäude untergebracht war, einen Besuch abzustatten.

Immer erreichte am Montag Abend nach

20 Minuten Heimfahrt, die
erstaunlicherweise staufrei war,
endlich eine der seltenen Parklücken
nahe seiner Wohnung. Als er aus
seinem Oldtimer, einen weißen Ford-
Capri mit einem besonderem Extra,
einem Velours-Dach, ausstieg, sah
er, dass er erwartet wurde.
Ein unauffällig gekleideter, übel
aussehender Bursche wartete schon
auf ihn. Er kannte das Gesicht und
wäre am liebsten wieder losgefahren,
aber das hätte das Treffen nur
verschoben.
Vor der Haus auf der Beringer Straße
Nr. 55 traf er mit seinem Besucher
zusammen.
„Hi, Alter, was ist los? Warum gehst
du nicht an dein Handy? ´Hast wohl
gedacht, kannst´ dich verkrümeln?",
wurde Immer erwartet.
„Ach Quatsch, der Akku ist seit
einigen Tagen leer und mein
Ladegerät ist verschwunden.
Komm´ erstmal ´rein. Also, was gib
´s?", Immer schaute sich um, ob
jemand die Begrüßung gesehen hat.
Dass die Szene von einer weiteren
Person beobachtet wurde, konnten

beide nicht wissen.

Sie betraten die Altbauwohnung in der 1.Etage und setzten dann in der geräumigen Wohnküche das Gespräch fort.

„Also, wo ist das Geld?", kam Harry, so hieß der Fremde angeblich, den Nachnamen kannte Immer nicht, sofort zur Sache. Er schaute sich dabei gelangweilt in der Wohnküche um. Obwohl sie modern und dennoch gemütlich eingerichtet und auf´s peinlichste gereinigt war, schien es keinen Eindruck auf den Besucher zu machen,

An der rechten Seite befand sich eine in dunklem Kirschholzdekor gehaltene Küchenzeile, welche in einer Kühl-Gefrierschrank-Kombination endete. Links davon befanden sich E-Herd mit Ceranfeld und eine Spüle mit einer dazu passenden beigefarbenen Keramik Ablage und Spülbecken.

Dem Ganzen gegenüber befand sich eine gemütlich anmutende Essecke, farbige Bepolsterung der Stühle lud zum genussvollen essen ein.

„Ich weiß gar nicht was du willst.
Ich habe dir doch gesagt, wenn alles
vorbei ist, dann komm ich erst an
das Geld. Was willst du
eigentlich?", fragte Immer. Da sein
Besucher keine Jacke anhatte, obwohl
die abendlichen Herbsttemperaturen
schon deutlich kühler waren als
tagsüber, sondern nur ein T-Shirt
trug, fiel ihm ein merkwürdiges
Tatoo an seinem rechten Unterarm
auf. Es sah aus wie ein chinesicher
Drache mit dem Kopf einer blonden
Frau.
„Hej, für mich ist es aber jetzt
vorbei, und ich will mein Geld!
Also, so wie es aussieht, hast du
das Geld nicht – oder? Du hast bis
Donnerstag Zeit, dann komme ich
wieder und dann hast du das Geld.
Wenn nicht, hast du dir hoffentlich
einen Arzttermin besorgt.“
Als Harry zu seinem Wagen ging,
wurde dieser vor dem Haus erwartet
und verfolgt.

Nachdenklich schmiß sich Klaus Immer
in seinen mit Leder gepolsterten
Fernsehsessel.

Man hatte es ihm oftgenug vorher
gesagt, dass seine Spielleidenschaft
in eines Tages in Teufels Küche
bringen wird, aber er war sich immer
sicher gewesen, dass alle Unrecht
hatten. Nun saß er aber sowas von in
der Tinte...!
Dass Micha auch seine Nase in alles
reinstecken musste!
Klar, er hatte vor einigen Monaten
beim Pokern verloren und bei einem
Mitspieler sich eine grössere Summe
geliehen, einen Schuldschein
unterschrieben und natürlich auch
dieses Geld verloren.
Dass sein Geldgeber ein namhafter
Unterweltler war, erfuhr er erst,
als er um eine Stundung gebeten
hatte.
Massive Drohungen, so dass er um
Leib und Leben fürchten musste,
zwangen ihn dann zu der
Unterschlagung bei Erbracht-
Elektronics. Und wenn schon, dann
denn schon, hatte er sich gesagt,
und etwas über Zeihunderttausend
Euro durch geschickte
Buchungsmanöver, so dachte er
zumindest, auf das Schwarzgeld-Konto

seiner Schwester transferiert. Da er eine Kontovollmacht hatte, konnte er seine Achzigtausend Euro Schulden locker bezahlen. Aber als Micha hinter seine geniale Unterschlagung gekommen war, hatte er den Gangsterboss noch einmal um Hilfe gebeten.

Dieser hatte ihm dann den Besucher von eben vermittelt. Bei einem Treffen einigten sie sich auf einen Betrag von Zwanzigtausend Euro, und der Bursche hatte ihm garantiert, alles zu regeln und dass Micha danach von seiner Unterschlagung mit Sicherheit nichts erzählen würde. Dabei hatte Klaus Immer eigentlich nur an eine Einschüchterung gedacht, aber dass der zu solch einem Mittel greifen würde, wäre ihm nie in den Sinn gekommen.

Nun stand er auf dem "Schlauch", denn seine Schwester hatte inzwischen das Schwarzgeldkonto in Lichtenstein aufgelöst und nach Ecuador transferiert. Das hat ihn nun in die missliche Lage versetzt, den „Helfer in der Not" nicht bezahlen zu können. Erschwerend kam

noch hinzu, dass die Schwester ihrem
und seinem Geld hinterher geflogen
ist.
Kein Mensch weiß, wo genau sie ist,
und wann sie wieder kommt.
Er hatte nur einen Zettel auf seinem
Wohnzimmertisch vorgefunden, sie
hatte einen zweiten
Wohnungsschlüssel, auf dem sie ihm
mitteilte, was sie vorhatte und sie
sich bald melden würde.
Nun musste er sich etwas einfallen
lassen, und das sehr schnell.
Da kam ihm ein Gedanke. Ob es
klappen würde, wusste Klaus Immer da
noch nicht, aber er sah keinen
anderen Ausweg.
Immer musste seinem Besucher
zuvorkommen.

Nach der extrem langen
Kommmisariatsbesprechung am
Dienstag, vier Tage waren seit dem
Mord an Michael Köster vergangen,
saßen wir wieder im Büro. Die Spusi
hatte uns leider keine Neuigkeiten
zu berichten. Nur, dass sie einige
Papiere wie Kontoauszüge, Sparbuch
und andere persönliche Unterlagen

mitgenommen hatten und zur Abholung
bei der KTU bereit lagen.
Wir waren eigentlich kaum weiter,
als am Freitag. Ich schaute auf die
große, runde Reklameuhr, die über
der Tür hing.
Durch die hereinscheinende
Mittagssonne und, das Cola-Logo
unter den Zeigern, war die Uhrzeit
nur schwer zu erkennen. Durch
zurücklehnen mit meinem Stuhl
erkannte ich die Zeit.
"Jetzt ist zehn vor zwölf. Wenn ich
nun zur KTU gehe, um fragen, was sie
in der Wohnung des Opfers gefunden
haben, sind die Kollegen mit
Sicherheit schon auf dem Weg zur
Kantine. Also, gehen wir auch",
dabei stand ich auf, "und nach der
Mittagspause kann ich auch eher bei
der Bank `was erfahren, wenn es
nötig sein sollte", murmelte ich vor
mich hin.
Armin schaltete seinen PC aus,
klappte den vor ihm liegenden Hefter
zu und stand ebenfalls auf.

Nach der Mittagspause machte ich
mich auf zur KTU.

Dazu musste ich das Haupthaus verlassen und über einen der Höfe gehen. Wie immer waren einige Dienstfahrzeuge dort und warteten auf ihre Einsatz.

In der KTU öffnete ich die Tür zum Lagerraum unseres Kollegen Hansen von der Spurensicherung.
"Mahlzeit, Hansemann", begrüßte ich ihn.
Wir Beiden kannten uns schon ewig und hatten bei so manchem Fall zusammen gearbeitet.
Gerd Hansen war ein dreiundfünfzigjähriger, dunkelhaariger Bartträger. Ein Bandscheibenvorfall hatte ihm vor einigen Jahren so sehr zugesetzt, dass er danach nur noch Büroarbeiten machen durfte. Er wurde von der direkten Ermittlungsarbeit abgezogen und kümmerte sich nun bei der Spurensicherung um die Auswertung der, von den Kollegen vor Ort, gesammelten "Werke".
Die Schreibtischarbeit hatte ihn ein paar Kilo zunehmen lassen, so dass er mit seiner untersetzt wirkenden

Figur, und seinem stets gutgelaunt
Gesichtsausdruck, wie ein
gemütlicher Teddy aussah.
"Na, wie ist die Lage?", wollte
"Hansemann" wissen statt meine
Begrüßung zu erwidern.
Ihm gefiel es nicht, wenn man ihn
mit seinem Spitznamen ansprach, aber
er hatte es schon vor langer Zeit
aufgegeben sich dagegen zu wehren,
zumal uns auch so etwas wie eine
Freundschaft verband, wenngleich
auch nur auf beruflicher Ebene.
"Womit kann ich dir denn Heute
helfen?"
"Ich brauche im Fall Köster so
einige Unterlagen.
Bei den Sachen aus seiner Wohnung
sollten doch Unterlagen von seiner
Bank oder Sparkasse,
Versicherungspolicen oder anderes,
was mit seinen Finanzen zu tun hat,
sein. Vielleicht finden wir in
diesem Bereich einen Hinweis auf ein
mögliches Mordmotiv. Denn wir tappen
noch im Dunkeln."
Mit den Worten:"Okay, ich schau ´mal
was wir da haben", stand Hansen aus
seinem bequemen Sessel auf, den er

sich wegen seiner ständigen
Rückenschmerzen selbst gekauft
hatte, und ging zum Aktenschrank.
Mit einem Ordner und einer
Pappschachtel kam er zurück und
legte die Sachen vor mir auf den
Schreibtisch.
Während ich mir den Karton vornahm,
blätterte Hansen im Ordner.
"Schau ´mal, was ich hier habe."
Er legte mir den Kaufvertrag für die
Eigentumswohnung vor.
Ach ja, die Eigentumswohnung,
Kösters Kollege sprach ja davon,
dass er seine Verlobte damit
überraschen wollte.
„Das ist schon ´mal etwas, genauso
wie dieses hier", ich nahm dabei die
abgehefteten Kontoauszüge aus dem
Karton.
„Weißt du was?", sagte ich „ich
nehme alles mit ins Büro, da kann
ich mir alles in Ruhe durch
schauen."
Wir unterhielten uns noch eine Weile
über private Dinge. Dann   bedankte
ich mich bei meinem Kollegen und
machte mich auf den Weg zurück in
unser Büro. Während des Rückweges

überlegte ich mir, dass es wohl
besser wäre, wenn Armin und ich
zusammen den Inhalt überprüften.
Ersteinmal sehen vier Augen mehr als
zwei, und ich brauche eventuelle
Auffälligkeiten nicht gesondert
erklären.

Gegen 16 Uhr kam auch Kollege Becker
von seinem Besuch bei Erbracht-
Electronics zurück.
Geschafft warf er sich in den Stuhl
neben seinem Schreibtisch, der
daraufhin gewaltig ins Rollen kam,
und erst von dem Blumenständer zum
halten gebracht wurde. Dieser
wiederum wäre mit Sicherheit zu
Bruch gegangen, hätte ich nicht
zufällig daneben gestanden und ihn
noch festgehalten.
„Hoh, was ist los, Herr Kollege? War
wohl ein anstrengender Tag, so mit
den hübschen Sekretärinnen und ´nen
Tässchen Kaffee hier und én
Stückchen Kuchen dort, oder?",
musste Becker sich von mir
schmunzeld anhören.
„Höhr bloß auf!! So wie heute habe
ich schon lange nicht mehr

gelitten."

„Na, wird schon nicht so schlimm gewesen sein. Oder bist du neuerdings ein Weichei?",frotzelte ich. „Aber nun im Ernst, hast du etwas neues in Erfahrung bringen können?"

Mein junger Kollege zuckte die Schultern:„Wie man`s nimmt. Mit dem Freund und Kollege des Toten, dem Klaus Immer, stimmt etwas nicht. Ich weiß noch nicht genau was es ist, aber er kommt mir irgendwie unaufrichtig vor. Ich habe mich auch mit anderen Mitarbeitern unterhalten. Da war eine Kollegin",er zog seinen Notizblock aus der Tasche und blätterte kurz, „eine Frau Gerland, sie arbeitet zwei Zimmer nebenan. Also, diese Kollegin ist überzeugt, dass der Immer und der Tote einige Tage vor der Tat einen heftigen Streit hatten. Leider konnte sie nicht genau verstehen worum es dabei ging, aber sie ist sich sicher, dass es um einen größeren Geldbetrag ging. Einmal soll der Wortlaut - soviel Geld? Bist du eigentlich verrückt? -

zu ihr deutlich durch eine der geöffneten Zwischentüren gedrungen sein. Leider konnte sie keinem von beiden die Stimme zuordnen. Aber warum hat Immer nichts davon gesagt? Ich bin sicher, da stimmt ´was nicht. Leider konnte ich ihn danach nicht mehr fragen, er war nicht mehr im Haus. Was hast du denn Neues?" Ich schüttelte den Kopf und musste gestehen, dass ich mich doch länger, als ich wollte, bei Hansemann aufgehalten hatte. „Aber der Tag ist ja noch nicht zu Ende", meinte ich, „du könntest mir eigentlich helfen. Dann können wir heute ´mal pünktlich nach Hause geh´n." Becker schaute auf seine Armbanduhr und setzte sich mit den Worten: „Tja, dann lass uns mal loslegen", an seinen Schreibtisch, und ich verteilte den Inhalt des Pappkartons auf beide Schreibtische.

Die erste Sichtung des Kartoninhaltes hatte keine neuen Erkenntnisse gebracht. Aber in anbetracht dessen, dass wir ausnahmsweise pünktlich Feierabend machen wollten, beschlossen wir, am

anderen morgen noch einmal,
diesesmal aber genauer, den Karton
zu durchforsten.

Der Mittwoch begann wenig
verheißungsvoll. Zunächst hatten wir
verschlafen, dann sprang mein in die
Jahre gekommene Opel Corsa erst nach
vielem guten Zureden an, und zu
guterletzt musste ich wegen einer
neu eingerichteten Großbaustelle
einen ziemlichn Umweg fahren.
Als ich dann mit dreißigminütiger
Verspätung im Büro eintraf, empfing
mich mein „lieber" Kollege mit einem
schadenfreudigen:„Mahlzeit!",
natürlich war ich „begeistert" über
so viel Anteilnahme.
Ich plazierte meine Jacke über die
Rückenlehne meines Bürostuhls und
tat, als hätte ich die beste Laune.
„Guten Morgen lieber Kollege", ich
bemühte mich besonders freundlich zu
sein.
„Ich sehe du hast schon mit der
erneuten Durchsicht begonnen", und
deutete auf den entleerten Karton
und dessen Inhalt, der auf seinem
Schreibtisch vor ihm lag.

„Hast du schon ´was gefunden?",
wollte ich sogleich wissen.
Armin griff zu den abgehefteten
Kontoauszügen und erklärte: „So wie
es aussieht, alles klar bei unserem
Toten. Und hier", dabei nahm er vom
Schreibtisch ein Sparbuch, „ist ein
ansehliches Sümmchen ´drauf, aber
alle Einzahlungen stimmen mit seinem
Girokonto überein. Das war wohl als
Eigenkapital für die
Eigentumswohnung gedacht.
Da fällt mir ein: Wir haben Immer ja
noch nicht zu dem Gespräch mit dem
Ermordeten, wegen dem was die
Kollegin gehört hat, befragt. Wenn
du nichts dagegen hast, dann fahre
ich nochmal gleich nach der Firma
Erbracht und befrage ihn, was denn
da los war."
Ich nickte zustimmend: „Da hast du
Recht. Fahr am besten gleich hin.
Dann haben wir das erledigt"
Mein Kollege stand auf, nahm seine
Jacke mit den Worten: „Bis dann..",
und war durch die Tür verschwunden.

Da ich durch den schlechten Start in
den Tag doch etwas mies gelaunt war,

empfand ich es wohltuend alleine zu
sein.
Ich nahm mir nun den Inhalt des
Kartons ganz in Ruhe vor. Hanseman
hatte auch die Sachen vom Tatort in
einer gesonderten Klarsichthülle mit
hinein gelegt. In ihr konnte ich
eine Geldbörse, ein Handy, ein
Schlüsselbund und eine angebrochene
Packung Papiertaschentücher sehen.
Ich nahm das Handy heraus und wollte
versuchen, mir die Anruferliste und
die getätigten Anrufe anschauen.
Nachdem ich einige erfolglose
Versuche hinter mir hatte, gab ich
es auf.
Mein Gott, wie waren die Telefone
von früher doch simpel! Sollte doch
die KTU sich damit beschäftigen.
Da fiel mir ein, dass das doch
sicherlich schon die KTU gemacht
hatte. Ich schaute in dem Hefter
nach einer Liste mit den
Telefonverbindungen des Toten. Und
richtig!
Leider musste ich erkennen, dass ich
mit der Auflistung nichts anfangen
konnte. Es waren nur Teilnehmer
angegeben, außer Lisa Janke, die mir

nichts sagten. Darum sollte sich der
Kollege Becker später kümmern.
Der kannte sich sicherlich mit dem
neun Zeug besser aus.
Also nahm ich mir das Portemonnaie
des Toten vor. Außer etwas Kleingeld
und Dreißig Euro in Scheinen fand
ich noch seinen Personalausweis, die
Kontokarte und einige unwesentliche
Dinge. Das war also ebenso ein Flop.
Den Papiertaschentüchern maß ich
keine Bedeutung bei. So griff ich zu
dem Schlüssel in der Folientüte und
zog ihn heraus. Zweifelnd sah ich in
an und überlegte ob es Sinn machte,
mich in der Wohnung noch einmal
umsehen sollte.
Ich warf noch einen suchenden Blick
in den Karton. Da ich aber nichts
entdecken konnte, was mich
interessierte, beschloß ich die
Wohnung des toten Miachael Köster
aufzusuchen. Schaden konnte es ja
nicht.

Gegen Elf Uhr traf der Kollege
Kommissar Becker in der Firma
Erbracht ein. Als er zur Anmeldung
ging, sah er mit Freude, dass die

hübsche Empfangsdame von dem ersten
Besuch wieder Dienst hatte. Lächelnd
trat er an die Anmeldung und
erwartete ein erkennenden Blick zur
Begrüßung. Doch nur ein fragender
Blick traf ihn.
Etwas verwirrt sagte er:„Guten
Morgen." Sein Lächeln war ihm quasi
im Gesicht eingefroren. Dem
entsprechend sah es aus. Die junge
Frau stand von ihrem
Schreibtischstuhl auf und kam an den
Tresen.
Emotionslos erwiderte sie den Gruß
und fragte nach seinem Wunsch.
Armin zeigte sicherheitshalber
seinen Dienstausweis und glaubte zu
erkennen, dass sie sich an ihn
erinnerte. Sie ließ sich aber nichts
anmerken.
„Ich möchte gerne mit Herrn Immer
sprechen."
„Einen Moment, ich melde sie an",
mit diesen Worten griff sie zum
Telefon und wechselte einig Sätze,
warscheinlich mit Immer.
Sie legte kurz darauf den Hörer auf
und wand sich an den Kommissar mit
einen bedauernden Lächeln und den

Worten:„Tut mir leid. Herr Immer hat sich heute morgen krank gemeldet."
Armin Becker war von dieser Auskunft überrascht. „Können Sie mir vielleicht die Adresse von Herrn Immer geben?"
„Natürlich," sie wirkte mitleidsvoll, „ich drucke sie Ihnen eben aus. Einen Moment bitte." Sie drehte sich um und nahm vor dem PC Platz. Schnell war die Anschrift ausgedruckt und an den Polizisten übergeben.
Becker bedankte sich und machte sich auf den Weg zu der Wohnung von Immer.

Zehn Minuten später stand er in der Beringerstrasse vor dem Haus mit der Nummer 55. In dem sich Immers Wohnung befand. Auf sein Klingen öffenete niemand. Da wurde von innen die Haustür geöffnet. Eine freundliche Frau mittleren Alters schaute ihn fragend an.
Der Kommissar nutzte die Gelegenheit um sie anzusprechen. Er hatte die Hoffnung von ihr zu erfahren, wo der Herr Immer wohl sein könnte. Gott

sei Dank war sie eine, von den sehr „aufmerksammen" Mitbewohnerinnen.

„Der Herr Immer ist schon in aller Frühe, so gegen Sieben Uhr, mit einer Reisetasche und einem Koffer in ein Taxi gestiegen", wußte sie mitzuteilen.

„Konnten Sie verstehen wo er hingebracht werden wollte?", fragte Becker.

Doch das musste die Frau verneinen. Es half ja nun alles nichts, er könnte nun eigentlich zurück ins Büro fahren. Er nahm sein Smartfon aus der Tasche und versuchte mich im Büro zu erreichen, um zu fragen, ob er mir irgend etwas essbares mitbringen sollte. Leider hatte er keinen Erfolg. Mein Kollege wusste aber, dass ich mir vor kurzem endlich, auf sein Drängen hin, ein Handy zugelegt hatte.

Das wollte er nun anrufen. Dabei musste er unwillkürlich schmunzeln, weil er wusste wie unsicher ich noch mit dieser Technik umging.

Kaum hatte ich die Wohnung des Toten betreten, vernahm ich das für mich

neue Geräusch des Handys, das ich
mir vor einigen Tagen angeschaft
hatte, in meiner Jackentasche. Da es
noch keinen festen Platz in meiner
Kleidung hatte, musste ich es auch
dieses Mal wieder suchen. Endlich
lag es in meiner Hand und ich hatte
das Gefühl, dass es mich frech
angrinste. Vorsichtig, um ja nicht
eine falsche Taste zu erwischen,
drückte ich dann wohl doch die
richtige und meldete mich.
„Brant."
„Armin, hier. Paul, der Immer hat
sich krank gemeldet. Ich bin jetzt
bei ihm vor der Wohnung, aber eine
Nachbarin hat mir gesagt, dass er
heute früh mit Koffer und Tasche in
ein Taxi gestiegen ist. Ich vermute,
der hat sich abgesetzt. Ich wollte
nun ins Büro kommen, aber da bist du
ja wohl nicht. Ich hab´s dort schon
auf dem Festnetz versucht, aber kein
Paul war da. Wo bist du denn?"
„Tja, weil die Sachen von Hansemanns
Karton mich nicht weiter gebracht
haben, bin ich zur Wohnung des Toten
gefahren. Vielleicht haben die
Kollegen ja was übersehen und ich

dachte, ich schau mich nochmal hier
um. Wenn du nichts anderes vor hast,
dann komm doch auch hierhin. Vier
Augen sehen mehr als zwei.
Weißt ja, klingeln bei Köster", mit
dem Klingelhinweis versuchte ich
noch einen kleinen Scherz.
„Danke für den Tip", war die süß-
saure Antwort, „ich denke so in etwa
Fünfzehn Minuten bin ich bei dir,
mein Gebieter. Bis dann..."
Er unterbrach die Verbindung und ich
drückte schmunzelnd ebenfalls die
Aus-Taste.

Während ich auf meinen Kollegen
wartete, ging ich durch die Wohnung
des Mordopfers. Nach gut zehn
Minuten läutete Armin an der Tür.
Ich war überrascht und öffnete ihm
mit den Worten:„Das ging aber
schnell.
Bist du wieder tief geflogen?"
Er wurde sogleich „einen Kopf
grösser" und meinte:„Wer kann, der
kann! Also, wonach sollen wir hier
suchen?"
Dabei schaute er sich zunächst in
allen Zimmern um.

„Tja, wenn ich das wüßte...!"
erwiederte ich.
Armin kam zu einer positiven
Beurteilung der Wohnung und
meinte:"Schade um so eine schöne
Einrichtung."
"Da fällt mir ein", begann ich meine
Frage:"Hat die KTU eigentlich ein PC
oder ein Laptop bei ihren
Durchsuchungen mit genommen? Ich
kann mich nicht erinnern eines
gesehen, oder irgendwo etwas davon
gelesen zu haben. Wenn doch, dann
hätte Hansemann uns darauf
aufmerksam gemacht. Laß uns doch
erst ´mal danach suchen. Ich kann
mir nicht vorstellen, dass er nicht
´mal ein Laptop gehabt haben soll."
Armin nickte zustimmend und ging in
das Zimmer, von dem er vermutete, es
sei das Wohnzimmer. Ich nahm mir das
Schlafzimmer vor.
Ich warf einen kurzen Blick auf
meine Armbanduhr. Mittlermeile war
es schon fast Zwölf. Mein Magen
hatte sich nicht geirrt, denn ich
bekam langsam Hunger.
„Sieh ´mal an",hörte ich meinen
Kollegen, „Paul, kommst du ´mal?"

Armin schien etwas Interessantes gefunden zu haben. Beim betreten des Zimmers saß er vor einem Laptop. Als Armin mich sah winkte er mich heran und zeigte schweigend auf die Öffnung im Wohnzimmerschrank und dem losen Brett auf dem Boden. "Da ist ein Geheimfach im Schrank. Bin durch Zufall darauf gestoßen. Deshalb hatte die Spusi auch kein Laptop gefunden. Als ich bei ihm war, machte er mich auf den Bildschirm aufmerksam. Es hatte mich überrascht, dass der Tote kein Kennwort gespeichert hatte. Was ich da aber lesen konnte, fand ich ziemlich bemerkenswert.
Der Tote hatte ein elektronisches Tagebuch geführt. Mein Kollege zeigte mir die Einträge der letzten Tage.
Daraus war ersichtlich, dass Micha schon vor einigen Tagen hinter die Unterschlagung seines Kollegen Immer gekommen war. Der hatte auch noch die Frechheit besessen es ihm in die Schuhe zu schieben. Auch der Streit im Büro war erwähnt. Dabei hatte Immer ihm versprochen den Betrag in

den nächsten Tagen wieder zurück zu
zahlen.
Angeblich würde er das Geld von
seiner Schwester bekommen. Es dauere
nur ein paar Tage, da sie zur Zeit
in Ecuador sei und die Überweisung
nach Deutschland nicht so schnell
wie gewünscht, vor sich ging.
Auch die Spielschulden von seinem
„Freund" hatte Micha notiert. Da war
aber nur von Achzigtausend Euro die
Rede. Anscheinend hatte Klaus Immer
gedacht: Nicht kleckern, sondern
klotzen.
„Du hast doch gesagt, dass Immer mit
Tasche und Koffer in ein Taxi
gestiegen sei", mir kam da eine
Idee.
„Du denkst er hat sich auf den Weg
zum Flughafen gemacht?", mein
Kollege schien meine Gedanken zu
erraten.
Er griff zu seinem Handy und und
wies die Kollegen vom Innendienst
an, sich bei der Taxizentrale nach
einer Fahrt von Immers Adresse zum
Fluhafen oder zum Bahnhof zu
erkundigen. Gleichzeitig sollten sie
am Flughafen fragen ob und wann ein

Flieger nach Ecuador geht. Wenn es
möglich war sollte auch nach Immer
gefragt werden. Vielleicht wollte er
ja auch in ein anderes Land fliegen.
Danach setzte er den Drucker in Gang
und druckte die für uns relevanten
letzten Tagebuchseiten.

Wir schauten uns noch weiter in der
Wohnung um, ohne etwas zu finden,
was wichtig gewesen wäre. Natürlich
auch nicht den Terminkalender des
Toten.
Nach einigen Minuten meldeten sich
ein Kollege vom Innendienst. Armin
hörte ihm am Handy schweigend zu und
mit einem „Alles klar, danke",
beendete er das Gespräch. Er wendete
sich an mich:„Also, du hattest den
richtigen Riecher. Immer ist zum
Flughafen gefahren und hat einen
Flug nach Brasilia mit Weiterflug
nach Quito gebucht. Abflug um
Vierzehnuhr-Dreißig." Ich schaute
wieder auf meine Armbanduhr.
Mittlerweile war es schon kurz vor
Vierzehnuhr. „Dann schnapp dir den
Laptop und laß uns schnell
hinfahren. Ruf doch noch eben bei

den Kollegen der Bundespoizei am Flughafen an. Sie sollen Immer festsetzen. Warscheinlich werden wir nicht früh genug dort sein. Ich lasse meinen Wagen hier und du fährst.

Ich erinnere dich: Wer kann, der kann!" Darauf konnte Armin sich ein Grinsen nicht verkneifen. Im Treppenhaus rief er, obwohl wir eilig die Stufen hinunter hasteten, die Leute der Flughafenpolizei an. Bald darauf fuhren wir mit aufgesetztem Blaulicht und Sirene Richtung Flughafen.

Er konnte mir noch sagen, dass wir uns im Zollbereich vom Terminal A melden sollten. Danach konzentrierte er sich darauf, uns unfallfrei durch den beginenden Nachmittagsverkehr zu steuern.

Tief einatment ließ sich Klaus Immer um 14 Uhr in den Sitz der Maschine nach Brasilia sinken. Nur gut, dass er Micha zunächst hatte ruhig stellen können. Dennoch, ein Mord wäre nicht nötig gewesen. Egal - in ein paar Minuten würde er in der

Luft sein und das neue Leben konnte
dann beginnen. Selbst der Himmel
schien sich darüber zu freuen, dass
Immer ihm etwas näher kommen wollte.
Als am Abend vorher das Telefon
klingelte und seine Schwester sich
tatsächlich meldete, fiel ihm ein
Stein vom Herzen. Natürlich hatte er
ihr nichts von seinem Problem
erzählt, aber er konnte sie
überzeugen, dass er unbedingt sofort
zu ihr mußte. So hatte sie dann
letztlich eingewilligt.
Nachdem sein alter Ford ihn zunächst
zu seiner Bank gebracht und er den
gesammten Dispo in Anspruch genommen
hatte, war sein nächstes Ziel, der
Düsseldorfer Flughafen. Er
hatte sich vorsorglich noch ihre
Telefonnummer geben lassen um sie
von unterwegs anzurufen, damit sie
ihn vom Flughafen abholen konnte.
Ein Direktflug nach Ecuador gab es
nicht. Also hatte er für den späten
Nachmittag einen Flug nach Brasilia
mit Anschluß nach Quito, der
Hauptstadt von Ecuador, gebucht. Nun
saß er in dem Flieger nach Süd-
Amerika, und seine Schwester würde

ihn irgendwann in Quinto am Flughafen abholen.

Neben ihm wollte gerade eine ältere Dame Platz nehmen, als er seinen Namen hörte.

„Herr Immer?", fragte die Stimme. Er drehte sich zu dem Fragenden um und sah in das Gesicht eines uniformierten Bundespolizisten. „Ja?," er musste schlucken und ahnte nichts Gutes.

„Kommen sie bitte mit. Sie müssen ihren Flug leider verschieben.", bat ihn der Polizist. „Ja aber..", versuchte Immer sich zu streuben, aber der ernste Gesichtsausdruck des Beamten duldete keinen Wiederspruch. „Ihr Gepäck ist schon im Terminal", gab es für Klaus Immer noch als letzte Information, danach wurde er schweigend in den Zollbereich geführt.

Zwei Poizisten in Zivil nahmen ihn in Empfang und einer erklärte ihm, dass er vorläufig festgenommen wurde und unter Verdacht stand, Michael Köster getötet zu haben. Während er zum Dienstfahrzeug gefürt wurde, brach über Immer eine Welt zusammen.

Er konnte sich gut vorstellen, was
nun auf ihn zukam.
Er überlegte ob er zur Tatzeit ein
Alibi hatte.
Natürlich nicht!
Er war an dem Mordtag nachmittags
nach der Arbeit sofort nach Hause
gefahren und den ganzen Abend
alleine gewesen.

Etwa eine Viertelstunde später
steuerte Armin die Anfahrspur vor
dem Terminal A an. Kaum angehalten,
sprangen wir, oder besser: Armin
sprang und ich quälte mich, aus dem
Dienstwagen. Schnell durchschritten
wir die Halle und erreichten den
Durchgang zum Zollbereich. Ein
Beamter stellte sich uns entgegen.
Wir zückten unsere Ausweise, worauf
er entspannt sagte, dass er uns
erwartet habe. Er geleitete uns in
ein Büro und in dem wir uns auf
wackelige Stühle setzten. Meinen
werwunderten, fragenden Blick zu dem
Zöllner, die Stühle betreffend,
erwiederte dieser mit einem
hilflosen Schulterzucken.
Kaum saßen wir, konnten wir wieder

aufstehen
Ein uniformierter Bundespolizist
hatte ganze Arbeit geleistet.
Er führte Klaus Immer herein. Armin
trat ihm einen Schritt entgegen und
ließ ihn wissen: „Herr Immer, sie
sind vorläufig festgenommen und
stehen in Verdacht, ihren Kollegen
Michael Köster getötet zu haben. Ich
muß ihnen nun die Handschellen
anlegen. Drehen sie sich bitte um."
Ich hatte gar nicht gewußt, dass
Armin so höflich sein konnte.
Nachdem die Hände des Beschuldigten
gesichert waren, bedankten wir uns
bei dem Zöllner und dem Kollegen der
Bundespolizei. Wir durchquerten zum
zweiten Mal die Treminal-Halle, aber
nun deutlich langsammer. Neugierige
Blicke von Besuchern oder Fluggästen
verfolgten uns. Draußen am Auto
öffnete ich die rechte hintere Tür
und ließ den Verdächtigen
einsteigen. Bisher hatte er noch
kein einziges Wort gesagt.
Erst als er später in unserem
Gesprächsraum saß, kam ein fast
hilflos klingendes: "Sie müssen sich
irren", aus ihm heraus.

Unsere Verhörräume sehen übrigens nicht so aus, wie sie ständig in Fernseh-Krimis zu sehen sind. Es sind miteinander verbundene Durchgangszimmer mit einer weiteren Tür zum, an allen Räumen vorbeiführenden, Flur. Eine von beiden Seiten durchsichtige Panzerglasscheibe ermöglicht von aussen einen Einblick auf das innen ablaufende Geschehen. Den berühmten Spiegel, der nur von aussen durchsichtig ist, gibt es nur im Raum für Gegenüberstellungen.

„Wenn sie Recht haben, können sie ja bald wieder gehen. Schauen wir ´mal", war mein Kollege immer noch freundlich.

Ich nahm Immer die Handschellen ab und wies ihn an, auf dem einzelstehenden Stuhl Platz zu nehmen. Wir setzten uns gegenüber und ich schaltet das Aufzeichnungsgerät ein.

Kollege Armin eröffnete die "Fragestunde":"Sie sind nun also hier, weil wir bei ihrem Freund Michael Köster eine elektronisches Tagebuch gefunden haben. In dem

beschuldigt er sie, von ihrem
Arbeitgeber Geld unterschlagen zu
haben. und es ihm anlasten zu
wollen."
"Ach das - da hat Micha etwas total
falsch verstanden," versuchte Immer
das Thema herunter zu spielen. "Das
habe ich schon mit ihm besprochen,
und das ist schon längst erledigt."
Erstaund hob ich die Augenbrauen und
wollte wissen wie er das in so
kurzer Zeit geschafft hatte.
"Wieso kurze Zeit? Das war doch vor
einigen Wochen!" Immer tat erstaunt.
"Also, wenn sie glauben, wir sind
hier in der Märchenstunde, kann ich
ihnen nur sagen, dass sie uns wohl
doch nicht so schnell verlassen
werden", der Tonfall meines Kollegen
Becker war nun nicht mehr so
freundlich wie zu Beginn.
Bevor Immer etwas dazu sagen konnte,
klärte ich ihn darüber auf, dass wir
den Aufzeichnungen des Toten genaue
Daten zu ordnen konnten. Danach
konnte es nicht stimmen, was er uns
da aufzutischen versuchte.
"Es wurde ihnen vorhin bei der
Festnahme erklärt, dass gegen sie

nicht wegen Veruntreuung oder
Unteschlagung ermittelt wird,
sondern wegen Mordes. Sie haben
einen sehr trifftiges Motiv", machte
ich ihm, nun ebenfalls mit ernstem
Ton, seine Lage klar. "Wenn sich
Herr Köster keine Aufzeichnungen
gemacht hätte, wären wir unter
Umständen nie auf sie gekommen. Wie
sieht´s denn mit einem Alibi für die
Tatzeit aus? Letzte Woche Donnerstag
nachmittags von sechzehn bis zwanzig
Uhr?", wollte ich nun wissen.
Immer war bei meinen letzten Worten
zwar in sich zusammen gesunken, er
wollte uns aber keine weitern Fragen
beantworten.
Da wir uns ab diesem Zeitpunkt mit
der Befragung immer im Kreis gedreht
hatten und keinen Schritt weiter
gekommen waren, hatten wir
frustriert am späten Nachmittag
damit aufgehört und Immer in die U-
Haft überstellt.
Wir konnten somit fast pünktlich
Feierabend machen und zu unseren auf
uns wartenden Frauen heimkehren.

So trafen mein Kollege Becker und

ich uns am Donnerstagmorgen um acht
Uhr wieder im Büro. Ich war einige
Minuten vor ihm angekommen. Da ich
bei seinem eintreten mit dem Rücken
zur Tür stand, bemerkte ich ihn
erst, als er ein fröhliches "Guten
Morgen, lieber Kollege", in den Raum
rief.
"Holladibolla, was ist den mit dir
heute los? Wohl ´ne tolle Nacht
gehabt?", wollte ich von ihm wissen.
Armis grinste über das ganze Gesicht
und meinte nur vielsagend: "Ein
Gentleman genießt und schweigt."
Dabei musste ich an meine früheren,
"wilden" Jahre denken. So kam nur
ein "Ach ja", über meine Lippen.
"Dann laß uns ´mal wieder dem Ernst
des Lebens zuwenden", begann ich
unseren Arbeitstag.
Wir machten uns auf, um noch
pünktlich zur Kommisariatsitzung zu
kommen.
Nach unserem kurzen Raport und
einige, für uns unwichtigen,
Informationen waren wir bald wieder
zurück in unserem Büro.
So konnten wir uns wieder unserem
Fall widmen. Ich bat Armin: "Rufst

du bitte unten an, dass der Immer zu uns in den Verhörraum gebracht wird?"

Unten bedeutet in diesem Fall, den Kellerbereich. Dort sind bei uns die Zellen für Untersuchungshäftlinge untergebracht.

Nachdem mein Kollege das Telefonat beendet hatte, packten wir unsere wenigen "Habseligkeiten" für das anstehende Verhör und machten uns auf den Weg durch die beiden ständig beleuchteten Flure zum Verhörraum 12.

Wir hatten uns gerade auf unsere Stühle gesetzt und wollten uns auf eine längere Wartezeit einstellen. Aber widererwartend brachte ein Kollege der "Trachtengruppe", so werden liebevoll unsere uniformierten Kollegen genannt, den Verdächtigen herein. Er sah aus, als hätte er keine gut Nacht hinter sich. Seine Augen lagen tief in den Höhlen und seine Haut erschien mir irgendwie gräulich zu sein.

Armin wieß ihn an, sich uns gegenüber auf den Stuhl zu setzen. Ich begann mit der Befragung:"Also

Herr Immer, sie hatten nun Zeit sich die Sache noch einmal zu überlegen. Haben sie uns etwas neues zu sagen?"
Zerknirscht rückte er mit seiner Geschichte ´raus.
"Ja, das mit der Unterschlagung gebe ich zu. Auch, dass ich die Sache dem Micha in die Schuhe schieben wollte, aber mit seiner Ermordung habe ich nichts zu tun. Ich hatte Spielschulden bei einem ziemlich unangenehmen Typ und wußte mir keinen anderen Rat um meine Schulden bezahlen zu können. Der hätte mich krankenhausreif geschlagen, oder noch mehr."
"Wer war das denn? Wie heißt er, und wo finden wir ihn?", wollte Becker wissen.
"Alle nennen ihn nur "Den bösen Herman". Wie er genau heißt, weiß ich nicht. Nicht einmal ob Herman sein richtiger Name ist.", gab Immer zur Antwort. "Wir haben immer in einer kleinen alten Fabrikhalle in Lohhausen gespielt."
Etwas unwirsch sprach Armin weiter:"Da hatten sie Angst, dass der Tote sie auffliegen läßt, und

darum haben sie ihn ermordet. Ich nenne das ein klassisches Motiv, Herr Immer. Ein Alibi konnten sie uns gestern auch nicht präsentieren. Oder ist ihnen mittlerweile eingefallen wo sie zur Tatzeit waren."

"Ja, ich war zu Hause. Leider alleine, was soll ich denn machen? Sie müssen mir glauben, ich bring doch keinen Menschen um!", fast flehend, mit flacher Stimme war Immers Antwort.

Er überlegte, ob er den Beamten von der vermeindlichen Hilfe durch Harry erzählen sollte. Würde man ihm dann nicht Anstiftung zum Mord vorwerfen? Er wollte doch nicht, dass Micha getötet wird. Aber das wird ihm logischerweise keiner glauben. Das Beste wird wohl sein, wenn er, bevor er noch ein Wort sagt, sich mit einen Anwalt bespricht.

"Ich möchte ohne einen Anwalt nichts mehr sagen", ließ er die Kriminalisten wissen.

So etwas hatte ich befürchtet, aber was sollten wir machen. Es war nun

´mal sein Recht.

Kollege Armin reichte ihm das Branchentelefonbuch, das für solche Fälle immer im Verhörraum lag, denn wer hat schon ständig einen Rechtsanwalt zur Hand.

Ich schob ihm noch das Diensttelefon mit den Worten zu:"Erst die Null vorwählen, dann haben Sie das Amt. Wir lassen sie nun telefonieren und kommen gleich wieder." Armin und ich nutzten die Zeit um uns Kaffe aus dem Automaten zu holen.

Nach unserer Rückkehr wurden wir mit den Worten:"Der Anwalt kann erst am Nachmittag kommen, so gegen Fünfzehn Uhr", begrüßt

"Alles klar. Sie werden gleich von einem Kollegen wieder in die Zelle zurück geführt. Wir sehen uns dann wieder, wenn ihr Anwalt da ist".

Also blieb uns zunächst nur der Rückweg in unser Büro. Dort angekommen meinte ich:"Eigentlich ist ja alles klar, aber ob das der Staatsanwalt ebenso sieht?"

"Dass alles klar ist, ist auch meine Meinung", war der Kommentar von

Armin.

"Ich weiß nicht – mein Bauch will sich damit aber nicht anfreunden. Wir haben keinen Beweis und ein Motiv alleine ist zu wenig. Da wird der Haftrichter bestimmt nicht mitspielen. Selbst wenn der Staatsanwalt es genauso sieht wie du."

"Was hat denn die Hausdurchsuchung bei Immer ergeben?", wollte mein Kollege wissen.

"Warscheinlich nichts, sonst hätten wir schon ´was gehört. Du denkst an die Mordwaffe?", ich schaute Armin fragend an.

"Genau."

Da wir im Moment nicht weiter kamen, schlug ich ein zweites Frühstück in der Kantine vor. Mein junger Freund willigte gerne ein.

In der Kantine hatten wir beschlossen gemeinsam die SPUSI aufzusuchen, um uns nach Neuigkeiten zu erkundigen.

Wir gingen über den Hof mit den abgestellten Dienstfahrzeugen und traten in das Gebäude, in dem die KTU und die SPUSI untergebracht

waren. Da die Flure auf dieser
Gebäudeseite alle zur Straße lagen
und einseitig große Fenster hatten,
war es ein heller,
sonnendurchfluteter Gang, der uns
zum Büro des Kollegen Gutenberg,
genannt „Guddi", führte. Auf mein
kurzes Klopfen wurde uns von innen
geöffnet. Guddi sah uns mit einem
erstaunten Gesicht an.
„Ihr seid ja verdammt schnell! Vor
einer halben Minute habe ich an euch
gedacht und wollte euch soeben
anrufen", kam es bewundernd über
seine Lippen.
Wie immer wusste Armin darauf eine
Antwort:„Nun weißt du auch warum
unsere Aufklärungsrate so hoch ist.
Wir sind nun einmal gute
Polizisten!"
„Ja das scheint mir nun auch so",
Guddi wurde wieder Ernst:„Ich hab´
da etwas, das könnte euch vielleicht
weiter helfen."
Wir setzten uns alle um seinen
Schreibtisch und der Spusikollege
griff nach einem Klarsichtbeutel in
denen immer Beweismittel verpackt
werden. Schöne Grüße von Doktor

Abel. Sie hat etwas für euch abgegeben.

Sie hat in der Eisstichwunde ein fremdes Haar gefunden. Das muss sich an der Klinge der Mordwaffe befunden haben. Da es sich in der halben Einstichtiefe befand, kann es also nicht nachträglich in die Wunde eingedrungen sein.

Leider ist immer noch nicht ganz klar was für eine Waffe es war. Die Form des Einstichs deutet auf einen Brieföffner hin. Aber dann muss es ein sehr, sehr scharfer gewesen sein. Normalerweise sind die nicht so scharf", klärte und der Kollege auf.

„Wahrscheinlich hat der Täter das Teil explizit für seine Tat vorbereitet," meinte Armin. Ich griff die Sache mit dem Haar wieder auf:„Ist noch irgend etwas zu dem Haar zu berichten? Kann man feststellen ob männlich oder weiblich?"

„Das wird erst der DNS-Test ergeben, aber das dauert noch ein bis zwei Tage."

Ich steckte die Tüte mit dem Haar in

meine linke Jackentasche um es
später zu denn Unterlagen in unserem
Büro zu legen. Wir verabschiedeten
uns dankend von unserem Kollegen von
der SPUSI.
Mittlerweile war es Zeit für die
Mittagspause geworden. Ich hatte
meiner Frau versprochen, sie bei der
Buchung unserer Urlaubsreise zu
unterstützen und ließ meinen
Kollegen alleine zur Kantine gehen.
Ich machte mich auf, meine Frau an
der verabredeten Stelle zu treffen.

Irmgard und ich hatten in den
letzten Monaten manche Abende damit
verbracht uns für ein gemeinsames
Urlaubsziel zu einigen.
Zunächst ging es um die schon
klassische Frage: Berge oder Meer.
Doch dafür fand sich
erstaunlicherweise eine schnelle
Lösung. Waren wir im Jahr zuvor in
den Bergen gewesen, sollte es dieses
Jahr ans Meer gehen.
Ab da ging es aber los....
Ostsee, Nordsee, Atlantik oder
Mittelmeer?
Waren unsere Unterhaltungen darüber

zunächst noch sehr kontrovers, hat
meine liebe Frau irgendwann eine
andere Taktik eingeschlagen.
Geschickt, wie nur Frauen sein
können, hat sie mich mit
Schmeicheleien und „Honig um den
Bart schmieren, um den Finger
gewickelt."
Da sie aus ihrer Schulzeit noch
etwas französisch sprechen konnte
und sie das auch gerne, oder das was
davon noch übrig war, ausprobieren
wollte, stand bald danach fest: Die
Atlantikküste in Südfrankreich
sollte es sein.
Dank Google-Earth konnten wir uns
die zukünftigen Urlaubsorte schon
einmal von oben betrachten. Unsere
Wahl fiel dann endlich auf Cap
Breton, ein kleiner Ort von maximal
6 Kilometern Durchmesser. Er
befindet sich etwa 45 km nördlich
der spanischen Grenze. Und nun
wollten wir mal wissen wie gut ein
angesehenes Reisebüro uns dabei
helfen konnte, dort hin zu kommen.
Da meine Frau schon ein Vorgespräch
geführt hatte, sollte an diesem Tag
der ausgearbeitete Urlaub vorliegen.

Und richtig! Das Reisebüro war nicht umsonst gut angesehen!
Die Formalitäten wurden schnell erledigt und wir hatten sogar noch Zeit uns bei einem Kaffee, in einem der zahlreichen Altstadtlokale, schon ein erstes Mal auf unseren Urlaub zu freuen.

Als unsere Mittagspause zu Ende war, trafen Armin und ich wieder im Büro zusammen.
„Na, Urlaub gebucht?", wollte mein Mitarbeiter und Freund wissen.
„Gott sei Dank, ja. War schwer genug für uns, eine Einigung zu finden. Es geht nach Südfrankreich an den Atlantik. Wir reden später noch darüber, ok?". Wieder der dem Fall widmend, wechselte ich das Thema.
„Nun müssen wir noch auf den Anwalt von Immer warten. Oder wie siehst du das?", wollte ich wissen.
Er schaute auf die Uhr an der Bürowand und meinte:„Lange kann es ja nicht mehr dauern. Die Kollegen geben uns ja dann Bescheid."

Kurz nach 15 Uhr rief ein Kollege,

der für die Insassen der Zellen zuständig war, an. Er meldete uns, dass der Anwalt von Immer eingetroffen sei. Wir baten ihn, den Anwalt zu uns zu schicken und den Klaus Immer in einen freien Verhörraum zu bringen.

Auf dem Flur trafen wir Minuten später mit dem Anwalt zusammen. Nach einer kurzen Begrüßung und Vorstellung gingen wir drei zu den Verhörräumen. Gleich der erste war der richtige. Immer hatte schon Platz genommen. Nach unserem Eintreten dankten wir dem Kollegen vom Innendienst. Armin meinte noch, dass wir uns melden würden, wenn er Immer wieder abholen könnte.

Der Anwalt steuerte sofort auf Immer zu und stellte sich vor.

Dann drehte er sich mit dem schon erwarteten Satz zu uns um: „Ich möchte mich zunächst mit meinem Mandanten alleine unterhalten." Uns blieb nichts anderes übrig, als zustimmend zu nicken. „Wir warten draußen. Sie können uns ja rufen, wenn sie soweit sind", erwiderte ich, und schon waren wir wieder vor

der geschlossenen Tür. Der Kollege
Becker ging derweil im Gang, den er
bestimmt schon zig Mal begangen
hatte, erneut entlang. Dabei schaute
er sich die Bilder an den Wänden an,
als hätte er sie noch nie gesehen.
Es waren Drucke von Impressionen des
Malers Renoir. Es schien, als würde
er immer irgend etwas neues in ihnen
entdecken. Insgeheim beneidete ich
ihn. Er hatte eine Aufgabe und
langweilte sich nicht.
Nach ungefähr einer Viertelstunde
öffnete der Anwalt die Tür und ließ
uns eintreten.
Er nahm wieder neben seinem
Mandanten Platz und wollte von uns
wissen was wir Immer vorwarfen.
Nachdem wir unsere Argumente
aufgezählt hatten, was übrigens sehr
schnell ging, war von dem Anwalt nur
ein Satz zu hören: „Wo sind die
Beweise? Irgendwelche Beweise?"
„Aber die Indizien und die Tatsache,
dass ihr Mandant bei seiner
Festnahme schon im Flugzeug saß,
rechtfertigen die
Untersuchungshaft", rechtfertigte
ich unser Vorgehen.

„Das wird der Haftrichter bei dem Haftprüfungstermin klären." Der Anwalt wurde mir immer unsympathischer.

Was er aber dann sagte, überraschte nicht nur mich:„Herr Immer hat sich entschlossen geständig zu sein, was die Unterschlagung angeht, und er hat einen gewissen Harry beauftragt dafür zu sorgen, dass der Tote ihn nicht verraten würde. Dabei hatte er sich aber nur Drohungen oder schlimmstenfalls mittelschwere körperliche Gewalt vorgestellt. Niemals war von Mord die Rede. Vor zwei Tagen wollte dieser Harry den Rest des vereinbarten Geldes kassieren. Mein Mandant war aber nicht in der Lage es ihm zu geben. Er konnte ihn aber vertrösten. Da der ihm aber massive Gewalt angedroht hatte, wenn er es nicht bekäme, ist Herr Immer untergetaucht. Beziehungsweise: Wollte er dem Geld hinterher fliegen." Armin und ich sahen uns mit großen Augen an. Der Anwalt sah unsere erstaunten Gesichter und erklärte uns die Zusammenhänge.

Nun wussten wir auch warum er im
Flugzeug nach Brasilien gesessen
hatte. „Herr Immer ist zu
konstruktiver Mitarbeit, um den
Harry ausfindig zu machen, bereit.
Haben sie mit ihm schon die DIA-
Schau gemacht?" Er meinte, ob Immer
die Bilder in der Kartei nach Harry
durchsucht hatte.
„Nein, es lag für uns noch keine
Notwendigkeit vor", antwortete Armin
etwas vorschnell.
Ich versuchte zu retten, was noch zu
retten war: „Mein Kollege wollte
damit sagen, dass es das nächste
gewesen wäre, zu was wir Herrn Immer
gebeten hätten.
Also gut, wie alt war er, wie groß,
welche Haar- und Augenfarbe hat der
Harry und wie sind sie an ihn
gekommen?" Durch diese Fragen
konnten wir eventuell schon etliche
aus der Datei ausklammern.
Immer beantworte alle unsere Fragen.
Bei der Frage nach markanten
Merkmalen fiel ihm ein, dass ein
merkwürdiges Tatoo an Harrys rechten
Unterarm war.
Es soll ausgesehen haben wie ein

chinesicher Drache mit dem Kopf
einer blonden Frau.
Da wir zunächst keine weiteren
Fragen mehr hatten, verabschiedete
sich der Anwalt von Immer und uns
mit den Worten:"Wir sehen uns dann
beim Haftrichter wieder, spätestens
übermorgen denke ich." Er drehte
sich bei den letzten Worten um. Ich
konnte ihm nur noch nachrufen:"Ihr
Mandant ist immer noch unser
Hauptverdächtiger für den Mord. Noch
ist er nicht vom Haken." Der Anwalt
hob winkend den rechten Arm ohne
sich dabei umzudrehen. Das sollte
wohl soviel heißen wie: Ich habe
verstanden – schau´n wir ´mal.
Wir zeigten Immer noch die
notwendigen Bilder unserer
Vorbestraften-Datei.
Leider tauchte Harry dort nicht auf.
Ich rief nach dieser Erkenntnis die
Kollegen vom Innendienst an und ließ
Immer wieder in seine Zelle bringen.

Armin hatte sich inzwischen an sein
PC gesetzt und sich einschlägige
Seiten über Tattoos angesehen. Er
hatte die Hoffnung, dort vielleicht

einen Hinweis zu finden. Aber da das
Thema sehr umfangreich war, gab er
bald auf nach der gesuchten
Tätowierung zu suchen. Zumal der
Feierabend schon vor der Tür stand.
Wir machten das einzig richtige: Wir
ließen ihn herein und gingen hinaus.

Als Harry, der eigentlich Hartmut
Lojewski hieß, wie angekündigt am
anderen Tag aber schon um achtzehn
Uhr bei Klaus Immer vor der Haustür
stand und klingelte, war dieser
schon in Polizeigewahrsam. Da Harry
dieses nicht wußte, war er natürlich
ziemlich sauer, als ihm nicht
geöffnet wurde.
Es war zwar noch nicht dunkel, aber
der nahende Winter streckte schon
seine ersten kalten Krallen nach dem
Wetter in Düsseldorf aus. Bei einer
kurzer Überlegung, ob es Sinn machen
würde, sich ins Auto zu setzen und
auf Immer zu warten, kam er zu der
Überzeugung, dass es noch Stunden
dauern könnte. Als plötzlich die
Haustür von innen geöffnet wurde.
Die mütterlich wirkende Frau, die
schon Armin Auskunft über Immers

Abwesendheit gegebenhatte, stand
vor ihm. "Kann ich ihnen helfen?",
fragte die Nachbarin freundlich. Die
Person die ihn verfolgte, saß
natürlich wieder ganz in der Nähe im
Auto.
"Ja, - eh,- ich wollte zu Herrn
Immer, aber da macht keiner auf.
Wissen sie ob er zu Hause ist?"
"Herr Immer ist Heute Morgen mit
Koffer und Tasche in ein Taxi
gestiegen. Ich stand zufällig am
Fenster. ´Sah so aus als wollte er
in Urlaub fliegen", war ihre
erschöpfende Auskunft. Harry
bedankte sich und ließ die Frau an
sich vorbei gehen. Das hatte ihm
gerade noch gefehlt.
Also entschloß er sich, zu Herman
Deubel zu fahren. Schließlich hatte
der den Kontakt zwischen Immer und
ihm vermittelt. Er hoffte, dass
dieser es verstehen würde und ihm
weiterhelfen könnte.
Also setzte er sich in seinen Wagen
und wünschte sich, dass er Deubel in
seinem Stammlokal antreffen würde.
Er bog links in die Erasmusstrasse
ein. Nach einigen Häuserblocks ging

die Fahrstrecke links in die Herzogstrasse. Harry achtete sehr genau auf den Tacho, um die vorgeschriebene Geschwindigkeit nicht noch einmal zu überschreiten. Deutlich war ihm in Erinnerung, dass er vor nicht allzu langer Zeit auf dieser Strasse mit viel zu hohem Tempo erwischt wurde und ihn das ein saftiges Bußgeld gekostet hatte. Ein Kilometer in der Stunde schneller, und er wäre seinen "Lappen" los geworden. Am Johannes Rau-Platz befuhr er die Rheinkniebrücke nach Oberkassel. Dort dann die Düsseldorfer Strasse und musste nach einigen Hundert Metern rechts in die Belsenstrasse abbiegen. Da Parkplätze in der Gegend um Bergers Stammlokal immer sehr rar waren schaute er sich schon nach einigen Metern in der Belsenstrasse nach einem Platz für seinen Nissan um. Schräggegenüber der U-Bahnstation hatte er Glück. Er befand sich mittlerweile auf der Luegallee wenige Meter vom Lokal "Bei Lotti". Früher war dort die "Jägerklause", ein ganz normales Lokal, aber nach der Übernahme durch Lotti, ist es zu einem Treffpunkt von mehr oder minder bekannten Unterweltgrößen geworden.

Er stellte das Auto ab, verschloß es und ging die wenigen Schritte bis zu Lottis Lokal.

Innen schaute er sich suchend um. Es waren nicht viele Gäste anwesend. Herman Deubel konnte er aber nicht sehen. So ging er zu Lotti, die wie immer hinter dem Tresen stehend, eine Zigarette im Mundwinkel paffend, ihre Gäste unterhielt. Sie ging ihm, mit einem fragenden Lächeln entgegen.

Da Harry noch nicht zu den Stammgästen zählte, war er der Wirtin nur als seltener Gast bekannt. Er lächelte zurück, und weil er Durst hatte, bestellte er ein typisches Düsseldorfer Alt-Bier. Schnell stand es vor ihm. Überrascht von dem Tempo lächelte er Lotti dankend an.

Dass Glas ein 0,4 Liter-Glas war nahm er erfreut zur Kenntnis.

Als der erste Schluck getrunken war, nahm Harry die Wirtin ´mal genauer in Augenschein.

Sie war nicht das, was Männer als ausgesprochen toll aussehend bezeichnen. Aber durch die Art wie sie lächelte und sich bewegte, hatte sie die sexy Ausstrahlung einer reifen Frau von Ende Dreißig.

Ihre tief ausgeschnittene hellblaue Bluse und ihr schwarzer, die Hüfte betonender Rock taten ein Übriges, dass sie bei den Männern gut ankam. Es fiel ihm schwer seinen Blick von ihr abzuwenden. Er wollte aber nicht, dass sie merkte, wie er sie bewunderte.

Also schaute er sich von dem Hocker halb umdrehend die Lokalität an. Die Gäste interessierten ihn dabei nur am Rande.

Die Einrichtung war zweckmäßg rustikal, und die Beleuchtung verbreitete eine warme, gedämpfte Atmosphäre. Was aber nicht gedämpft war, das war die Lautsärke. Ob es an der lauten Musik lag, oder ob die Musik der Lautstärke der Gäste angepaßt wurde, vermochte Harry nicht zu erkennen.

Als Lotti einmal in seiner Nähe war,

winkte er sie zu sich um sie zu
fragen, ob denn Deubel schon da
gewesen war.
Sie schüttelte den Kopf, meinte
aber, dass er noch erwartet werde.
Fast wie auf Kommando öffnete sich
die Tür, und der Erwartete betrat
die Szene. Er war ein Mann um die
Vierzig mit einem gewinnenden
Lächeln um den Mund. Mit seinem
hellgrauen Anzug, einem hellblauen
Hemd und einer dazu passenden,
gestreiften Kravatte sowie den
teuren Schuhen, hätte man meinen
können, er habe sich verlaufen. Aber
dem war nicht so. Er war ein Mann
der Wert auf eine gutaussehende
Kleidung legte. Das hatte ihn schon
in jungen Jahren ausgezeichnet und
einige Vorteile verschafft. Auch er
schaute sich um. Dabei fiehl sein
Blick auf Harry. Unwirsch zog er die
Stirn kraus, und die wuchtigen
Augenbrauen schoben sich dabei nach
unten zur Gesichtsmitte. ‚Der hat
mir gerade nochgefehlt`, war sein
erster Gedanke. Aber was sollte er
machen, je schneller er ihn los war,
um so besser. Herman Deubel war eine

stattliche Erscheinung. Seine Grösse
von fast zwei Metern und sein nun
grimmiger Blick, denn sein Lächeln
war verschwunden, war schon recht
Furcht einflößend.
Auch Harry hatte ihn auf sich
zukommen sehen. Er rutschte vom
Hocker und wartete bis Deubel bei
ihm war. Dieser übersah die zur
Begrüßung ausgestreckte Hand von
Harry und fragte rau: "Was willst du
hier? Du solltest doch vorher immer
anrufen, wenn du mich sprechen
willst. Ist das so schwer zu
kapieren?"
"Nein, nein", stotterte Harry, "Ist
schon klar, aber es ist dringend. Es
geht um deinen Spielpartner, du
weißt doch der bei dir eine Menge
Geld verloren hat. Der ist
verschwunden und hat mich noch nicht
für meine Arbeit bezahlt."
"Ja und? Was willst du mir damit
sagen?", fuhr Deubel den fast schon
devot wirkenden Harry an.
"Dass ich deshalb meine Schulden bei
dir nicht zahlen kann und hoffe, du
könntest mir helfen den Immer zu
finden, damit du dein Geld

bekommst", versuchte Harry seinen
Gläubiger zu besänftigen.
Mit gespieltem Erstaunen antwortete
dieser:"Bin ich dein Polizist? Du
spinnst wohl! Du hast genau Zwölf
Stunden Zeit mir das Geld zu geben,
sonst bist du ein toter Mann. Ich
habe dir schon viel zu viel
durchgehen lassen. Also, zahl dein
Bier und besorge das Geld. Ist ja
erst halb sieben. Jede Stunde ist
kostbar."
Deubel drehte sich um und verließ
den in sich zusammen gesunkenen
Harry, um sich anderen Bekannten mit
lautem Hallo zuzuwenden.
Harry winkte Lotti zu sich, zahlte
sein Bier und ging zur Eingangstür.
Lotti hatte den Disput zwischen den
beiden mitbekommen und schaute Harry
nun nachdenklich und mitleidsvoll
hinterher.
Als Harry mutlos die Heimfahrt
antrat, wurde er weiterhin verfolgt.

Tags darauf Deubel saß alleine beim
Frühstück. Das war eigentlich immer
so, seit seine Frau, die bei einer
der Unternehmungen ihres Mannes

mitgewirkt hatte, ums Leben gekommen
war.
Er hatte das Gespräch mit Harry
nicht vergessen. Was würde sein,
wenn die Polizei irgendwie auf Harry
käme? Oder Immer wieder auftaucht
und gefasst würde? Einer von beiden
würden mit Sicherheit quatschen, und
er käme dann wahrscheinlich mit
seinen Unternehmungen ins Visier der
Kripo. Das durfte nicht geschehen.
An Immer kam er zur Zeit nicht ran,
wer weiß wo der war. Aber Harry –
Mit dem musste etwas geschehen.
Dieses Mal konnte er sich keinen
weiteren Zeugen leisten. Er mußte
wohl selbst zur Tat schreiten.
Nach einigen Telefonaten hatte er
die Anschrift von Harry in Erfahrung
gebracht und machte sich auf den
Weg. Er wollte keine Zeit verlieren.

Da wir am Freitag keinen Schritt
weitergekommen waren, konnten wir
bei der Kommissariatsbesprechung am
Samstag nur mit einem Vorhaben
bezüglich der Unterschlagung
aufwarten.
Ich wollte, dass wir Immer dazu

bringen, seine Schwester anzurufen und sie dazu zu bringen sein Geld nach Deutschland auf das Konto unserer Polizeibehörde zurück zu überweisen.

Ansonsten verlief alles wie gewohnt. Bis bei einen anderen Mordfall, um den sich der Kollege Peter Keller kümmerte, von einer markanten Tätowierung am Arm des noch nicht identifizierten Mordopfers gesprochen wurde. Bei Armin und mir läuteten sofort die Alarmglocken und wollten von diesem Kollegen mehr wissen. Wir erklärten ihm unsere Situation und von der, in unserem Fall aufgetauchten, Tätowierung eines unbekannten Verdächtigen. Darauf wurden bezüglich des Tattoos von seinem Toten informiert. Alles deutete darauf hin, dass sein Toter unser gesuchter Mann war.

Die Leiche wurde am Freitag Morgen in der Nähe der Fleher-Rhein-Brücke gefunden. Da er keine Papiere bei sich hatte, blieb zunächst als mögliches Identifizierungsmerkmal nur das Tattoo. Der Kollege konnte uns je ein Foto von der Tätowierung, als auch von seinem Gesicht überlassen.

Mit den beiden Fotos begaben wir uns zu Klaus Immer in die Zelle.

Als er sich die Fotos angesehen hatte war seine Antwort auf unsere Frage, ob der Tote der besagte Harry wäre, schon fast euphorisch zu nennen: „Ja klar! Das ist er! Was ist mit ihm? Ist er tot?"

Als wir dieses bejahten, pustete er entspannt seinen Atem aus. Vor dem brauchte er sich nicht mehr zu fürchten.

Das änderte aber nichts daran, dass er weiter in Haft bleiben musste. Schließlich hatte er ja einiges an Geld unterschlagen.

Im Büro angekommen griff ich zum Telefon und bat die Kollegen Immer in einen der Verhörräume zu bringen. Armin und ich besprachen das weitere Vorgehen.

Es ging nun noch darum Immer klar zu machen, dass es besser für ihn war, das Geld auf unser Konto zurück überweisen zu lassen.

Er sollte sich mit seiner Schwester in Verbindung setzten und sie dazu

zu bringen, das unterschlagene Geld auf unser Behördenkonto zu überweisen, damit wir es der Firma Erbracht zurück geben könnten. Armin fragte, ob er unbedingt dabei sein musste, er würde lieber die unangenehme Arbeit des Berichtes vom Vortag schreiben wollen, damit er das hinter sich hatte.
„Ja, da hast du Recht. Das kann ich auch alleine machen.
Ich will mich nur noch im Vorfeld nach unserer Bankverbindung erkundigen", stimmte ich ihm zu. Das Telefon stand heute erstaunlicher Weise auf der rechten Seite meines Schreibtisches, statt links. Vielleicht hat eine neue Reinigungsfrau sich unser Büro vorgenommen. Ich griff also zu dem Telefon und rief bei unserer Verwaltung an. Nachdem ich der Mitarbeiterin die Situation erklärt hatte, bekam ich problemlos die von mir gewünschte Bankverbindung unserer Dienststelle. Dann musste ich mir noch von unserem Chef eine Genehmigung für ein Telefonat nach Ecuador besorgen und schon war ich

bei Immer im Verhörraum.

„Ich warte hier schon bald eine halbe Stunde. Sind das neue Verhörmethoden, oder was?", erwiderte er meine Begrüßung. Ich entschuldigte mich schuldbewusst. Damit mein Vorhaben gelingen konnte, benötigte ich einen positiv eingestellten Immer.

„Herr Immer, damit wir das Thema der Unterschlagung schnell vom Tisch haben, möchte ich, dass sie ihre Schwester anrufen, ihr sagen, sie soll das von ihnen eingezahlte Geld auf ein Konto hier in Düsseldorf überweisen soll. Ich garantiere ihnen, dass sich dieser Schritt bei ihrer Verurteilung deutlich zu ihren Gunsten auswirken wird. Vielleicht bekommt sie Ihr Verteidiger dadurch bis zu Verhandlung auf freien Fuß. Sind sie damit einverstanden? Sollten sie nicht damit einverstanden sein, müssen wir die Kollegen in Ecuador informieren. Dass ihre Schwester dadurch Probleme bekommt und ihr das sicher nicht gefallen wird, ist ihnen doch wahrscheinlich klar, oder?

Zurückzahlen müssen sie es auf jeden Fall." Ich war auf seine Antwort gespannt.

Immer zeigte sich Einsichtig: „Ja ich glaube auch, dass es das Beste ist. Wie spät ist es jetzt?"

Ich schaute auf meine Armbanduhr: „Gleich 10 Uhr."

„Ok, dann ist es etwa in Ecuador 22 Uhr. Es könnte sein, dass sie noch wach ist. Ich benötige aber mein Handy, denn dort ist ihre Nummer gespeichert."

„Alles klar", ich rief Armin an er möge uns doch Immer´s Handy bringen.

Eine Minute später lag das Handy vor Immer. Er versuchte seine Schwester zu erreichen und hatte Glück. Er erklärte ihr die Situation in der er sich befand und was sie machen sollte. Wie es aussah, war sie bereit seinem Wunsch zu entsprechen. Dabei hatte sie wohl nach dem Konto gefragt, wohin sie das Geld, er nannte die genaue Summe, überweisen sollte. Nach kurzer Zeit sprach mich Immer fragend mit den Worten an: „Welches Konto?" Ich schob ihm den

Zettel mit den Daten die ich von der
Verwaltung bekommen hatte. Er gab
das durch und beendete tief
durchatmend das Gespräch.
Das mir diese Regelung gelungen war,
hatte mich sehr zufrieden gestellt.
Zumal Immer für den Anruf sein Handy
benutzt hatte, und die Erlaubnis
unseres Chefs für das Telefonat
unnötig war. Nachdem ich mich bei
Immer für seine Kooperation bedankt
hatte, wurde er wieder in seine
Zelle geführt.
Für uns hieß es nun, dass wir mit
dem Kollegen der den Mord an Harry
bearbeitete, ein neues Team bilden
würden. Unser Mord war ja wohl
geklärt. Oder auch nicht!

Am Montag saßen wir wieder in
unserem Büro und mussten die
Neuigkeit erst einmal überdenken.
„Tja, Armin, dann wollen wir mal dem
Peter unter die Arme greifen.
Ach so, einer müsste ja den Herrn
Meyer von der Situation
informieren. Ruf doch bitte dort an,
ich sammele in der Zeit die
Unterlagen von unserem Fall

zusammen."
Bei den letzten Worten holte ich den
Karton mit den Beweismitteln aus
unserem Büroschrank.
Armin hatte auch bald sein Telefonat
beendet."Ich soll dich schön
grüßen", meinte er lakonisch. Dann
legte er Spannung in die nächsten
Worte:„Halt dich fest, der
Terminkalender von Micha hat sich
eingefunden. Jemand hat ihn in der
Nähe des Einganges gefunden und
beim Empfang abgegeben. Bis man
herausgewunden hatte, wem der
gehörte, sind leider ein paar Tage
vergangen.
Der Herr Meyer hat sich die
Eintragungen schon´mal angesehen,
aber nur dienstliche Termine
gefunden.
Wir können ihn aber jeder Zeit am
Empfang abholen, wenn er für uns
eventuell noch wichtig ist."
„Wir können ihn ja von einem
Streifenwagen abholen lassen.
Aber für uns ist er jetzt wohl nicht
mehr wichtig. Erst möchte ich
wissen, was der Kollege Keller uns
zu bieten hat," damit nahm ich erst

einmal die Luft aus Beckers
Neuigkeit.

Auf dem Weg zu Peter Kellers Büro
fiel mir ein, dass wir ja noch einen
DNS-Test von Harry benötigen. Da war
ja noch immer das Haar aus der
Stichwunde von Micha. Erst bei einem
positiven Abgleich können wir sicher
sein, dass er der Mörder ist.

„Erinnere mich bitte daran, dass ich
die Pathologie gleich anrufe und das
Testergebnis benötige", bat ich
Armin. Dieser lächelte mich
provokativ an und nickte heftig.
Manches Mal war er noch wie ein
kleiner Junge, aber es gibt
schlimmere Verhaltensweisen.

Als wir bei Keller eintrafen, wollte
der gerade sein Büro verlassen.
Kollege Keller war in etwa dem
gleichen Alter wie Armin. Vielleicht
aber auch einige Jahre jünger. Man
konnte es ihm nicht so genau
ansehen. Auf keinen Fall aber älter.
Ich nahm mir vor, ihn bei passender
Gelegenheit danach zu fragen.
Und weil ich keinen Ehering an
seinen Händen gesehen hatte,
schätzte ich ihn als unverheiratet

ein. Seine Kleidung war, wie fast immer bei uns zivil gekleideten Beamten, unauffällig. Dennoch im modischen Schnitt und bräunlichen Farbtönen gehalten.
Ich machte ihn auf uns aufmerksam.
Er drehte sich zu uns um und hob erstaunt lächelnd eine Augenbraue.
„Hallo, was kann ich für euch tun", wollte er wissen.
Wir hatten ihn von unserem Vorhaben noch nicht informiert.
Nachdem Immer nun bestätigt hatte, dass der Tote unser Harry war, teilte ich ihm mit, dass wir ab sofort zusammen arbeiten.

Ich erklärte ihm die Zusammenhänge, und er lud uns in sein Büro ein. Später, als wir alle Fakten zusammengelegt hatten und von der Pathologie eine Übereinstimmung des DNS-Tests von Harry mit dem Haar aus Michas Wunde vorlag, konnten wir uns der neuen Sachlage widmen. Als Todeszeitpunkt von Harry wurde der Donnerstag zwischen zwanzig und zweiundzwanzig Uhr angegeben.
Somit stand Harry als Mörder von

Michael fest, und die Leiche konnte
zur Bestattung freigegeben werden.
Ich bat Armin sich darum zu kümmern
und Michas Verlobte zu informieren,
damit sie sich zeitnah um die
Beisetzung kümmern konnte.
Peter begann unsere Überlegungen mit
den Worten: „Die Todesursache bei
Harry Lojewski war ein Schuss in das
rechte Ohr. - Mit einer
Schreckschusspistole! Der dabei
entstandene Druck hat das Gehirn
zerfetzt. Also quasi ein plötzlicher
Gehirn-Tod! Nun sollten wir
versuchen den „Bösen Herman"
ausfindig zu machen, vielleicht hat
der etwas damit zu tun."
„Befragen wir doch mal unseren
Computer. Vielleicht kennt der ja
unseren Herman", schlug Armin vor.
Schnell setzte er sich an den PC in
Kellers Büro. Da fühlte er sich in
seinem Element, und damit kannte er
sich aus.
Leider konnte uns der Computer,
trotz Armins Fachkenntnis, nicht
weiterhelfen.
„Wo hatte Immer denn mit dem bösen
Herman gespielt?", wollte Kollege

Peter Keller wissen. „Vielleicht kann man ja dort irgend etwas Neues erfahren."

Da Armin am PC nicht mit Erfolg glänzen konnte, erklärte er sich bereit den Betrüger zu befragen.

Ein paar Minuten später war er bei Immer in der Zelle und wollte wissen, wo die alte Fabrikhalle gewesen ist, in der er immer gepokert hatte.

„Wie ich schon gesagt hatte, in Lohausen. Ich bin immer über die Kaiserswerther- und Niederrheinstraße gefahren. Irgendwann geht rechts der Spielbergerweg ab und dann sind links einige Hallen. Wir waren immer in der, die ganz rechts ist. Gegenüber sind die Landebahnen." war seine Wegbeschreibung.

Armin kam die Notwendigkeit einer Durchforstung der Bilderdatei in den Sinn.

Vielleicht gab es dieses Mal ja ein Ergebnis.

Also nahm er ihn gleich mit in unser Büro, in dem der Kollege Keller und

ich schon Platz genommen hatte. Wir
warteten auf das, was uns Armin zu
berichten hatte. Um so mehr waren
wir erstaunt, dass er den Immer vor
sich in den Raum schob. Unseren
fragenden Blicken entgegnete er mit:
„Er soll sich ´mal unsere
Bildergalerie ansehen. Womöglich
findet er ja den bösen Herman.“
„Das ist eine Gute Idee, sehr gut
mitgedacht, Herr Kollege,“ musst ich
Ihn loben. Armin lächelte stolz und
setzt sich mit Immer vor den PC.

Nach ein paar Minuten hörten wir:
„Der! Der ist es!“ Peter und ich
gesellten uns zu den Beiden und
schauten uns den bösen Herman an.
Herman Deubel war sein Name. Leider
war als aktueller Wohnsitz nur eine
leere Zeile zu sehen. Letzter
gemeldete Ort war Bünde in
Westfalen.
Er hatte einige Vorstrafen wegen
Betrug und Hehlerei, aber seit gut
zehn Jahren nicht weiter
aufgefallen.
Schon setzte sich Armin mit dem
Einwohnermelde-Amt von Düsseldorf in

Verbindung und fragte nach der
Adresse des Herman Deubel.
Er war ja ein toller Mitarbeiter!
Sekunden später hatten wir die
nächste schlechte Nachricht. Herman
war nicht in Düsseldorf gemeldet.
Wir ließen Immer wieder in seine
Zelle bringen und beschlossen nach
der Mittagspause, zur Halle an der
Spielbergerstrasse zu fahren.

„Wie sieht´s aus? Fährst du mit
uns?", fragte ich den Kollegen
Keller.
Da es sein erster Fall war, den er
eigentlich alleine bearbeiten
sollte, nahm er gerne mein Angebot
an. Er fand es schon einsam, immer
ohne Gesprächspartner zu sein.
Nach gut einer halben Stunde Fahrt
bogen wir in die Spielbergerstrasse
ein und fuhren suchend die Straße
entlang. Bald kamen die Landebahnen
in Sicht. Ich verlangsamte die
Fahrt. Links der Straße waren einige
Gewerbehallen zu erkennen. Eine
breite Einfahrt führte auf das
Gelände auf dem einige Betriebe
ihren Sitz hatten. Die rechte Halle,

von der hatte Immer gesprochen,
machte einen verlassenen Eindruck.
Werbeschilder aus vergangenen,
besseren Tagen wiesen darauf hin,
dass zuletzt ein Cateringunternehmen
hier beheimatet war.
Wir umkurvten einmal die gesamte
Halle, um uns einen ersten Eindruck
zu verschaffen.
Ich hielt den Dienstwagen vor dem
ehemaligen Haupteingang und wir
stiegen, das Gebäude kritisch
musternd, aus. Nachdem ich das Auto
verschlossen hatte, gingen wir zum
Eingang.
Natürlich war die Tür verschlossen.
Bei unserer Hallenumrundung waren
uns aber noch zwei weitere Türen und
ein Rolltor auf der Rückseite
aufgefallen. Also machten wir uns zu
Fuß auf den Weg. Gott sei Dank war
die Halle nicht allzu groß.
Wider erwartend hatten wir Glück.
Die zweite Tür war nicht
verschlossen. Nachdem wir die Halle
betreten hatten, erstaunte uns, dass
sie in große offenen Räume
unterteilt war. Und einige davon
hell erleuchtet waren. Nach circa

zwanzig Metern kam aus einem der
Räume ein Mann im Rentenalter mit
einem fragenden Blick auf uns zu. Er
war mit einer Arbeitshose und einer
wärmenden Lederweste gekleidet. In
der rechten Hand hielt er einen
Besen. Offenbar machte er hier
sauber. Armin zeigte seinen
Dienstausweis und stellte uns vor.
Ich fragte ihn welche Funktion er
habe und ob der Besitzer von seinem
Tun Kenntnis hatte. „Ich verdiene
mir ein paar Euro zu meiner Rente
dazu, indem ich an Tagen nach den
Feiern hier sauber mache. Und
natürlich weiß Herr Deubel, dass ich
hier bin."
Bei dem Namen Deubel gingen in
unseren Gehirnen alle Lampen an.
Ich fragte ihn ob er sich ausweisen
konnte. Er zückte darauf eine
Plastikhülle aus der Gesäßtasche und
fummelte seinen Personalausweis
heraus. Peter begutachtete ihn und
nahm die Daten in sein I-Pot auf.
Ich hätte wahrscheinlich noch den
guten, alten Block und einen
Kugelschreiber benutzt.
„Haben Sie eine Anschrift von Herrn

Deubel?", war meine nächste Frage.
Er zuckte mit den Schultern und
meinte nur: „Keine Ahnung, wir sehen
uns immer nur in meiner Stammkneipe,
bei Lotti auf der Luegallee. Warum?
Ist irgend etwas nicht in Ordnung
mit der Halle?"
Ich antwortete nicht auf seine
Frage, sondern wollte von ihm
wissen: „Was sind das denn hier immer
für Feiern?" Ich schaute mich um,
konnte aber nichts erkennen, was nur
annähernd nach einer Gastronomie
aussah. Meine Kollegen, die sich
derweil in der Halle umgeschaut
hatten und nun wieder zu uns
stießen, schüttelten bestätigend
ihre Köpfe.
„Auch das weiß ich nicht. Ich habe
mich am Anfang auch darüber
gewundert, dass es gar nicht aussah,
wie nach einer Feier. Da bin von mir
zu Hause anderes gewohnt". war seine
Einschätzung.
Kommissar Keller schaute sich
suchend um und fragte den Rentner wo
denn das Rolltor sei, welches wir
von außen gesehen hatten. Außerdem
kam ihm die Halle auch viel kleiner

vor, als sie bei der Umrundung den Eindruck gemacht hatte.

Der Alte nickte, zeigte auf eine Wand in der sich eine Tür befand und meinte: „Da nebenan ist noch eine Halle, aber die Tür ist immer abgeschlossen. Dafür habe ich keinen Schlüssel. Ich weiß auch nicht was sich dort befindet."

Wir konnten nun in dem Gebäude leider nichts mehr machen und verabschiedeten uns von dem Reinigungs-Mensch.

Draußen schauten wir uns die Wand und das darin eingelassene Rolltor skeptisch an.

Armin versuchte zwar es anzuheben, aber es bewegte sich kein bisschen. Es hatte aber auch keiner von uns ernsthaft anders erwartet.

„Also, dann lasst uns doch mal zur „Lotti" fahren. Vielleicht erfahren wir ja dort etwas," sagte Peter voller Tatendrang.

Als wir in das Lokal eintraten, mussten wir erkennen, dass außer uns zur Zeit kein Gast anwesend war. Aber zu dieser frühen

Nachmittagszeit war es auch nicht verwunderlich. Eine Frau war damit beschäftigt, Gläser zu putzen.
Wir zeigten ihr unsere Ausweise und fragten wer sie sei.
Die Frau hinter der Theke, so stellte sich bald heraus, war die Wirtin Liselotte Wilms.
Sie fragte was sie für uns tun konnte.
Armin legte ihr das Foto von Herman Deubel vor und fragte sie ob er ihr bekannt vorkam.
„Ja klar kenne ich Herman", schon beinahe stolz klang ihre Stimme.
„Wissen sie wo er wohnt?", wollte Peter wissen.
„Natürlich! Ich hatte ´mal ein Catering für ihn organisiert. Er wohnt hinter den Landebahnen am Lambertus-See, auf der Straße Am Flugfeld 126. Die geht von der Zeppenheimer Straße rechts ab. Wissen sie wo das ist, oder soll ich es ihnen auf dem Stadtplan zeigen?", wollte sie noch wissen.
„Nein danke, ich weiß wo die Zeppenheimer Straße ist," konnte Armin mit seiner Stadtkenntnis

glänzen und fügte hinzu: „Sie sind aber nicht aus Düsseldorf, richtig?" „Woran hamse denn dat gemärkt", antwortete sie schmunzelnd, „nee, ich komm aus Wanne Eickel, schomma gehört?"

„Natürlich, dat is doch da wo die en Mond haben, oder?" auch Peter hatte Humor!

Ich hatte den Inhalt des letzten Satzes nicht verstanden und fragte Peter, was das mit dem Mond auf sich hatte.

Er klärte mich auf, indem er von einem Song erzählte, der den Titel hatte: Der Mond von Wanne-Eickel.

Nach zehn Minuten Fahrt hielten wir Am Flugfeld vor dem Haus mit der Nummer 126. Wenn ich Haus sage, dann ist das deutlich untertrieben. Es hatte viel Ähnlichkeit mit der Villa Hügel in Essen, nur um einige Nummern kleiner. Auf Armins Klingeln öffnete uns eine ältere Frau, die den Eindruck machte, als sei sie so etwas wie eine Haushälterin. Sie fragte nach unseren Wünschen. Armin stellte uns vor und endete: „Wir würden gerne Herrn Deubel sprechen.

Es geht um die Halle in der Nähe der
Landebahnen."
Sie bat uns um etwas Geduld, drehte
sich um, wobei sie die Tür offen
ließ. So konnten wir sehen wie sie
mit müden Schritten davon schlich um
uns anzumelden.
Kurze Zeit später kam sie zurück und
bat uns einzutreten. Zum Hausherren
ging es durch eine Eingangshalle,
die mit jeder Turnhalle mithalten
konnte. Auf dem Parkettboden lagen
etliche Teppiche die sicherlich
nicht aus einem Kaufhaus stammten.
Die Wände waren mit einigen
abstrakten Bildern geschmückt, deren
Inhalt ich nicht verstand. Aber ich
hatte und habe meine eigene
Vorstellung von Kunst. Sicherlich
handelte es sich nicht um billige
Drucke.
Einen größere Menge an Grünpflanzen
rundete die angenehme Atmosphäre ab.
Wir wurden in einen Raum geführt,
der wohl ein Arbeitszimmer oder eine
Bibliothek war. Der Herr Deubel trat
uns mit einem skeptischen und
fragenden Blick entgegen. Dieses Mal
stellte ich uns vor. Der Hausherr

bot uns freundlich Platz an. Ich
begann ihm zu erklären warum wir bei
ihm waren, und dass wir im Rahmen
unserer Nachforschungen auf die
Halle an den Landebahnen gestoßen
seien. „Und dabei ist uns
aufgefallen, dass es eigentlich zwei
Hallen sind. Wir hätten gerne
gewusst, was in der zweiten Halle
untergebracht war. Würden sie uns
einen Blick in diese Halle werfen
lassen?", wollte ich wissen.
Unser Gegenüber lächelte nun und
ließ uns wissen:„Im Moment ist die
Halle leer. Aber da ich im Export -
Importgeschäft tätig bin, benötige
ich gelegentlich eine Unterbringung
für Waren bei denen es mit der
Ausfuhr zu Verzögerungen kommt. Und
zu ihrem Wunsch in die Halle zu
schauen: Ein klares NEIN. Aber
natürlich stehen ihnen alle Türen
offen, sobald sie mir einen
richterlichen Beschluss vorlegen.
Verstehen sie mich bitte nicht
falsch. Es geht nicht persönlich
gegen sie meine Herren, sondern nur
um´s Prinzip."
Natürlich machte seine Weigerung uns

misstrauisch.

Säuerlich lächelnd mussten wir wohl
oder übel den Rückzug antreten.

Im Auto setzte sich der Kollege
Peter sofort mit den Jungens der
Bereitschaft in Verbindung und
ordnete eine sofortige Überwachung
der Halle an. Keiner von uns wollte
den Worten des Herrn Deubel Glauben
schenken.

„Tja, das war ja wohl ein Reinfall",
meinte Kollege Armin.

„Das wissen wir noch nicht. Warten
wir ´mal die Überwachung der Halle
ab. Ich bin sicher, dass sich da
bald etwas tun wird", dämpfte ich
seinen Pessimismus.

Wir fuhren zurück ins Büro und
wollten erst einmal unser Wissen
ordnen.

Herman Deubel war etwas ratlos und
frustriert. Er hatte Harry gestern
weder in seiner Wohnung, noch bei
Lotti in der Kneipe angetroffen. Da
der wohl ein Einzelgänger war,
kannte ihn kaum einer von den
anderen Gäste, und die, welche Harry
doch kannten, wussten aber nicht

genug, um irgendwelche Hinweise
geben zu können.
Und nun hatte er auch noch Besuch
von der Polizei. Er musste dafür
sorgen, dass die Autos aus der Halle
kamen. Wenn das nicht klappt, geht
ihm nicht nur das Geschäft durch die
Lappen, sondern er wandert dann in
den Knast. Dann adieu du schönes
Leben.
Also telefonierte er mit einigen
seiner „Helfer" und wies sie an
sofort zur Halle zu fahren. Alles
weitere würde er ihnen dort
erklären.
Kurz darauf verließ er in seinem
Porsche sein Grundstück und fuhr
ebenfalls zu dem Treffen.

Kaum waren wir wieder im Büro,
meldeten sich unsere Kollegen von
der Hallenüberwachung. Es waren
sechs Autos auf den Platz hinter der
Halle gefahren worden. Noch war
keiner ausgestiegen. Es schien so
als würden die Leute auf etwas oder
jemanden warten.
Sofort flitzen wir wieder zum
Dienstwagen und düsten zur

Spielberger Straße.
Früh genug nahm Armin das Blaulicht
vom Dach, so konnten wir uns
unauffällig nähern. Über Funk
lotsten uns die Kollegen zu sich.
Das Rolltor war nun oben und die
Halle war hell erleuchtet. Wir
konnten erkennen, dass die
Anwesenden dabei waren eine Anzahl
von Luxusautos der obersten
Preisklasse aus der Halle zu fahren
und auf der Straße vor dem
Grundstück abstellten.
Natürlich war der „unschuldige" Herr
Deubel wie erwartet dabei, mit einem
Ordner in der Hand aus dem er jedem
einen Schein gab. Später hat sich
herausgestellt, dass es sich um
gefälschte Kfz-Zulassungen handelte.
Jeder der eine Zulassung hatte,
sollte damit zu dem zugewiesenem
Fahrzeug gehen. Bevor sie dort
ankamen wurden sie von den Kollegen
der Bereitschaft auf der anderen
Seite der Halle abgefangen und
„gebeten" dort zu verweilen. Wir
gesellten uns unterstützend dazu.

Als der Siebte und somit letzte bei

uns war, ging hinter uns auf einmal die Angelegenheit mit viel Lärm in eine andere Richtung.

Einem dieser Fahrer ist es gelungen an die Pistole unseres Kollegen von der Bereitschaft zu gelangen.

Fest stand, dass er sich nicht so einfach verhaften lassen wollte.

Er hielt die Waffe dem Beamten an den Kopf und rief uns anderen Polizisten, in einem auffälligen holländischen oder belgischen Dialekt zu, dass wir unsere Waffen ablegen sollten, sonst würde er den noch jungen, kaum Fünfundzwanzig Jahre alten, Kollegen erschießen.

Das wollte natürlich keiner von uns, und dass er sich mit Waffen auskannte, war ersichtlich, als er die Waffe sofort entsichert hatte.

Also legten wir die Waffen vor uns auf den Boden.

Langsam ging er mit seiner Geisel rückwärts zu dem Wagen, einem italienischen Sportwagen, den er in Sicherheit hätte bringen sollen. Der Beamte hatte ihm den Wagenschlüssel schon abgenommen, so musste dieser auf der Beifahrerseite einsteigen

und rüber auf den Fahrersitz
krabbeln. Erst als der Wagen
gestartet wurde, stieg auch der
Kidnapper ein, und sofort schoss das
Fahrzeug mit quietschenden Reifen
davon.
Zunächst waren wir alle wie
erstarrt.
Sofort hoben wir unsere Waffen
wieder auf und hielten die anderen
Fahrer in Schach. Gottlob verhielten
sie sich ruhig, und keiner versuchte
ebenfalls irgendwelche
Fluchtversuche.
Einer der Bereitschaftskollegen lief
zum Funkwagen und verständigte die
Funkzentrale von dem Vorgefallenen.
Nun lief die Polizeimaschinerie nach
dem Plan für solche Fälle ab:
Ringfahndung, verstärkter Einsatz
von Polizeifahrzeugen und absolute
Funkdisziplin.
Nachteilig war die Tatsache, dass
die Personalien des Täters noch
nicht festgehalten worden waren.
Das sollte später im Präsidium
geschehen. Ebenso hatte sich auch
keiner der Kollegen das Aussehen
oder die Kleidung des Mannes

gemerkt.
In dem Moment, als er mit dem
Theater begann, standen wir alle
unter einem gewissen Schock. Zumal
das Ganze nur einige Minuten
gedauert hatte, und die eingesetzte
Dunkelheit dem Täter noch in die
Hände gespielt hatte.
So etwas erlebt man Gott sei Dank
sehr selten.
Wir konnten in dem Moment nichts
weiteres machen und mussten die
Fahndung den anderen überlassen, die
nun mit höchstem Alarm im Einsatz
waren, um unseren jungen Kollegen
aus dieser Lage zu erlösen.

Als der Dienstälteste ergriff ich
die Initiative und forderte die
Anwesenden auf:„Lasst uns das hier
erst ´mal zu Ende bringen.“
Ich ging, so wie es geplant war, den
Herrn Deubel begrüßen. Der hatte von
dem was uns gerade widerfahren war
nicht das geringste mitbekommen. Er
war dabei das Rolltor zu schließen
und stand mit dem Rücken zu mir.
„Ich hätte nicht gedacht, dass ich
sie so schnell wiedersehen würde,

Herr Deubel", waren meine
begrüßenden Worte. Mit einem Ruck
drehte er sich um. Sein
erschrockener Gesichtsausdruck wich
aber sofort einem geschäftsmäßigen,
und er lächelte mich an.
„Herr Hauptkommissar – welch eine
Überraschung. Was verschafft mir die
Ehre?", tat er unschuldig.
„Sie hatten uns doch gesagt, dass
die Halle leer sei, und nun habe ich
gesehen, dass sie uns angelogen
haben."
„Ich habe ihnen aber auch gesagt,
dass ich mit Im- und Export mein
Geld verdiene. Heute Nacht werden
die Wagen nach Dubai transportiert.
Dann ist die Halle leer", war seine
Erklärung.
„Wir warten nun erst einmal
gemeinsam ab, was die Kollegen vom
Diebstahl, die wir auf der Fahrt
nach hier verständigt haben und zur
Zeit auf der Straße die Wagen
überprüfen, zu sagen haben. Sie
wissen ja, wenn nur eine der
Fahrgestellnummern in der Fahndung
ist, sind sie geliefert. Sie werden
in ein paar Minuten hier auf dem Hof

sein. Danach werden sie sich auch
die Ausfuhrpapiere mal genau
ansehen", war meine Prognose.
„Außerdem hatt die Angelegenheit nun
eine andere Dimension angenommen.
Einer ihrer Leute hat einen Kollegen
überwältigt, ihn mit seiner eigenen
Pistole bedroht und ihn gezwungen
mit ihm und einem der Wagen zu
flüchten.
Gegebenenfalls kommt noch Beihilfe
zum Kidnapping auf sie zu."
Das überlegene Lächeln war
mittlerweile aus seinem Gesicht
verschwunden.
Man konnte trotz der schlechten
Lichtverhältnisse erkennen, wie es
in seinem Kopf arbeitet.
Gerade als wir zu der Gruppe meiner
Kollegen und den Fahrern stießen,
kamen die drei Beamten von der
Abteilung Diebstahl auf das
Firmengelände.
Ich ging auf sie zu und begrüßte
sie.
Auf meine neugierige Frage, ob
unsere Vermutung, es seien
gestohlene Fahrzeuge, richtig war,
antwortete mir der ältere dieser

Drei: „Volltreffer! Alles gestohlene Autos. Gestohlen in ganz Deutschland, von Hamburg bis München. Ich gratuliere und bin euch dankbar für den Erfolg unserer Abteilung". Er lächelte verschmitzt.
Damit wir alle ins Präsidium kamen, hatte Armin, der unser Gespräch mitbekommen hatte, schon einen großen Wagen angefordert.
Dem Diebstahl-Kollegen erklärte ich, dass wir uns zunächst Deubel in unserer Mordsache verhören müssten. Sie könnten ja schon ´mal mit den Fahrern anfangen.
Er sah es ein und ging wieder zu seinen wartenden Kollegen.
Nach etwas weniger als eine halbe Stunde traf der große Gefangenentransporter ein und die Fahrer wurden abtransportiert.

Deubel fuhr bei den Jungens der Bereitschaft mit. Sicherheitshalber hatten sie ihm Handschellen angelegt.
Die Leute vom Diebstahl kümmerten sich um den Abtransport der gestohlenen Autos auf unser Gelände.

Die wurden später noch von der Spusi genau unter die Lupe genommen. Gott sei Dank hatte ich nachmittags vorsorglich meine Frau angerufen und ihr in Aussicht gestellt, dass es heute später werden würde. Für sie war es ja nichts neues, aber sie wollte verständlicher Weise wissen, wenn es über-gebührlich später würde, damit sie sich keine Sorgen machen musste. Diesem Beispiel folgte schon seit einiger Zeit auch mein lieber Kollege Armin, wenn es nötig war. Es war inzwischen früher Abend geworden. Im Präsidium trennten wir drei von der Mordkommission uns von den Mitarbeitern der Bereitschaft. Nachdem wir dem Kaufmann Deubel eine Übernachtungsmöglichkeit bei uns zugewiesen hatten, waren wir uns einig, dass wir uns nach dem aktuellen Stand bei der Fahndung nach dem Kidnapper und unserem Kollegen erkundigen sollten.
Der Sportwagen war mittlerweile gefunden worden. Und zwar in der Nähe einer U-Bahnstation. Keine zwei Kilometer von Deubels Halle

entfernt. Es wurde davon ausgegangen, dass der Fahrer seine Flucht mit der U-Bahn fortgesetzt hatte. Von dem jungen Polizisten war leider nichts bekannt. Keiner glaubte, dass er noch bei seinem Entführer war, als dieser die Station betreten hatte. Wenn er überhaupt mit der U-Bahn seine Flucht fortgesetzt hatte. Die Auswertung der Videoaufnahmen lag natürlich noch nicht vor.

Da noch nichts von dem Polizeimeister Sulke, so hieß der Kollege, bekannt war, bekräftigte die Befürchtung, dass es ihm nicht gut ging. So bedauerlich die Situation auch war, es war Polizisten-Risiko und die andere Ermittlungsarbeiten mussten weiter geführt werden. Um am kommenden Dienstag wieder unseren Job machen zu können, beendeten wir unseren nicht alltäglichen Arbeitstag.

Als van Heugen auf dem Gelände neben Deubels Halle den Kollegen der Bereitschaft in die Arme lief, hatte er nur einen Gedanken: Er musste

weg, denn er wurde in Holland wegen
eines Tötungsdeliktes gesucht und
das sicherlich mit internationalem
Haftbefehl.
Fieberhaft überlegte er wie er es
anstellen sollte. Er sah nur eine
Möglichkeit. Als der letzte „Fahrer-
Kollege" von der Polizei empfangen
wurde, griff er mit einer geübtem
Handbewegung nach der Pistole des
jungen Polizisten, der neben ihm
stand. Der Halfter war an dessen
Hosenbund und somit gut zugänglich.
Van Heugen hielt sie an den Kopf des
überraschten Beamten.
Seiner Aufforderung ihre Waffen
abzulegen sind die umstehenden
Beamten zu seinem Erstaunen sofort
nachgekommen. Da der Polizist ihm
schon den Fahrzeugschlüssel
abgenommen hatte, wies er diesen an,
über den Beifahrersitz auf den
Fahrersitz zu krabbeln. Nachdem der
Motor lief, schwang sich auch van
Heugen ins Auto und seine Geisel gab
soviel Gas, dass der Holländer schon
befürchtete, sie würden vor dem
nächsten Baum landen. Aber schnell
hatte der junge Beamte das Auto

unter Kontrolle. Ein schmaler
Verbindungsweg führte sie zur
Niederrheinstraße. Dort ließ er
rechts in Richtung Norden fahren.
Weiter auf der Alte Landstraße zum
Suitbertus-See.
Van Heugen achtete darauf, dass das
Tempolimit eingehalten wurde. Er
wollte auf keinen Fall ins
Gefängnis. Das stand für ihn fest.
Schließlich hatte er sich nicht
umsonst nach Deutschland abgesetzt.
Seine Gedanken überschlugen sich. In
den drei Jahren, die er nun in
Deutschland war, hatte er sich immer
bemüht, nicht polizeilich
aufzufallen. Und nun ist es doch
passiert. Ihn würde in seinem
Heimatland wohl eine lebenslange
Haft erwarten.
Und was sollte er mit dem Beamten
machen? Der hatte mittlerweile genug
Zeit, sich sein Gesicht einzuprägen.
Der Deubel und seine Leute kannten
seinen wirklichen Namen Gott sei
Dank nicht. Aber wenn der Polizist
ihn auf Fahndungsfotos erkennt, ist
wäre man schnell auf seiner Spur. Es
half alles nichts, er musste den

Beamten los werden. Mehr als
lebenslänglich ging ja eh nicht.
Skrupel waren ihm fremd.
Über die Mittelbachstraße gelangten
sie zum See. Dort sollte Sulke
anhalten.
Unter dem Vorwand, er wollte nun
alleine weiter fahren, ließ er den
Wagen anhalten. Van Heugen stieg aus
und umrundete, die Pistole auf den
Polizisten richtend, den Sportwagen
bis zur Fahrertür. Er ließ den
jungen Kollegen aussteigen und ging
mit ihm ein Stück die Uferböschung
entlang bis zu einer Buschgruppe.
Dort schoss er ihn, ohne noch irgend
etwas zu sagen, in den Hinterkopf!
Er konnte sich keine Zeugen
erlauben, und fand deshalb seine Tat
gerechtfertigt.
Ein unmenschliches Wesen in dem
Körper eines Menschen!
Welch eine Verschwendung der Natur!
Er zog sein Mordopfer etwas tiefer
unter die Büsche, so dass es nicht
sofort von der Straße gesehen werden
konnte.
Nun musste er sich schnell von
diesem auffälligen Wagen trennen.

Er erinnerte sich, vor einigen
Kilometern eine U-Bahnstation
gesehen zu haben. Er wendete den
Wagen und steuerte zurück. Nach
einigen Hundert Metern kam er an und
fand auch einen Parkplatz der etwas
versteckt lag. Wenigen Minuten
später war der Mörder im Treppengang
verschwunden.

Jan van Heugen hatte nun ein neues
Problem.
Weil er nicht sicher war, ob seine
Adresse irgend jemand kannte, wollte
er dort nicht hin. Aber wohin dann?
Mit den etwas über Vierzig Euro im
Portemonnaie kam er auch nicht sehr
weit.
Da fiel ihm seine Tante Lore ein. Zu
der hatte er eigentlich immer einen
guten Draht. Sie hatte ihm im
Verlauf der letzten Jahre so manche
„Eurospritze" überwiesen. Nur heute
Abend wäre es nicht gut dort
aufzutauchen, denn mit ihrem Ehemann
kam er nicht gut klar. Das war aber
umgekehrt ebenso.
Doch im Garten hinter dem Haus war
ein Gartenhäuschen, dort wollte er

die Nacht verbringen.
In der City verließ er die U-Bahn
und hielt ein Taxi an, das ihn zu
angegebenen Adresse brachte. Nachdem
er bezahlt hatte, verblieben ihm
noch Dreizehn Euro, aber das war
zunächst nebensächlich.
Er näherte sich dem Haus seiner
Verwandtschaft und schlich sich
neben dem Gebäude, den mit Platten
ausgelegten Weg, in Richtung Garten.
Als er sah, dass alle Rollläden
unten wahren,
atmete er etwas entspannter. Lautlos
gelangte er zum Gartenhäuschen.
Vorsichtig, um Geräusche zu
vermeiden, drückte er die Klinke.
Widerstandslos ließ sich die Tür
öffnen. Er dachte:´Welch ein
Leichtsinn, es könnte sich ja ein
Verbrecher hier einnisten`. Dabei
musste er aber leicht schmunzeln.
Da das einzige Fenster in dem Raum
keine Rollladen hatte konnte er
sich, wegen des herrschenden
Vollmondes, gut orientieren.
Er sah ein Sofa auf dem an einer
Seite einige Decken zusammengelegt
waren. Er blickte sich um und war

erfreut, als er einen Kasten mit Mineralwasser erkannte. Die ganze Aufregung hatte ihm mittlerweile einen trockenen Hals verschafft. Nachdem er seinen Durst gestillt hatte, legte er sich auf das Sofa um sich ein Nickerchen zu gönnen.

Nach diesem doch sehr ereignisreichen Abend, freute ich mich am Dienstagmorgen auf die Vernehmung des am Montag festgenommenen, zunächst unter Mordverdacht stehenden Deubel. Armin und ich kamen zur gleichen Zeit kurz nach Acht Uhr auf unserem Parkhof an. Es folgte eine kurze Begrüßung und dann ging´s gemeinsam die Treppe hinauf zur Kommissariatssitzung. Unser Peter Keller hatte sich schon eingefunden und wir gesellten uns zu ihm. Vor der eigentlichen Besprechung wurden wir über das neueste von der Geiselnahme unseres Kollegen Sulke informiert. Er selber ist immer noch nicht aufgetaucht. Zunächst hatten eine Hundertschaft und die Suchhundestaffel die Anlage um die

Landebahnen am Flughafen abgesucht.
Ebenso wenig ergab die
Videoauswertung der U-Bahnstation
ergeben. Da es Samstag abends war,
wurde die Station stark von
Innenstadtbesuchern frequentiert.
Leider war es ja so, dass keine
vernünftige Beschreibung vorlag.
Im Verlauf der Besprechung wurde
mir, als der Dienstgrad höhere, und
weil Peters und unser Fall irgendwie
zusammen hingen, die Leitung unserer
gemeinsamen Arbeit übertragen.
Später in unserem Büro warteten wir
auf Peter, der seinen Bürostuhl
holen wollte.
Ein dritter Tisch stand noch
ungenutzt bei uns, aber kein Stuhl.
Seine Sitzgelegenheit mit einem Arm
rollend und unter dem anderen einen
dünnen Schnellhefter geklemmt,
betrat er unser Büro.
Armin, der gerade in der Nähe der
Tür stand und seine Jacke aufhängen
wollte, nahm Peter die Unterlagen
ab. Während ich die beiden Fenster
öffnete, um die abgestandene Luft
vom Wochenende durch frische zu
ersetzen, schoben die Kollegen den

an der Wand stehenden dritten
Schreibtisch zu unseren beiden.

Meine erste Amtshandlung bestand
darin, den zu vernehmenden Herman
Deubel in ein Verhörzimmer bringen
zu lassen.
Eine Viertelstunde später saßen wir
dem Verhafteten gegenüber.
„Herr Deubel, sie sind hier, weil
sie unter Verdacht stehen, den
Hartmut genannt Harry Lojewski
getötet zu haben. Wegen der
Autogeschichte werden sie von den
Kollegen des Diebstahldezernates
noch gehört werden. Hier geht es
also nur um den Verdacht des Mordes,
und ob wir sie auch noch wegen
Beihilfe am Kidnapping oder
schlimmeres belangen können, werden
wir später klären", eröffnete ich
das Verhör. Es folgte die Belehrung,
dass er sich nicht selber belasten
muss und einen Anwalt verlangen
konnte. Da er auf den aber zunächst
noch verzichten wollte, stellte
Armin die erste Frage: „Ist ihnen
der Tote Harry bekannt?"
„Ja ich kenne ihn, und ich war auch

ganz schön sauer auf ihn, aber mit seinem Tod habe ich nichts zu tun. Ich gebe auch zu, dass ich ihn besuchen und ihm klar machen wollte, dass ich nicht länger auf mein Geld warten wollte. Als ich aber bei ihm klingelte machte niemand auf und somit musste ich das Gespräch verschieben."

„Wo waren sie am letzten Donnerstag zwischen zwanzig und vierundzwanzig Uhr?", fragte ich ihn.

„Donnerstag war ich in der Halle mit den Jungs, die sie am Samstag mitgenommen haben. Die Autos sollten heute nach Duisburg zum Hafen gebracht werden. Das haben wir nochmal alles besprochen, den Ablauf und den genauen Anfahrtsort und so... Von viertel vor sechs abends bis zwanzig Uhr. Danach haben wir noch bis kurz vor Mitternacht einen Spieleabend in der Halle nebenan veranstaltet."

Bei den letzten Worten erhellte sich seine Mine doch deutlich. Er schien froh zu sein, illegales Glücksspiel gemacht zu haben. Was für ihn gut war, stellte sich für uns natürlich

als äußerst schlecht heraus. Für uns
bedeutete es: Wir waren wieder
keinen Schritt weiter und mussten
uns weiter auf die Suche nach dem
Mörder des Harry´s machen.
„Dann wechseln wir ´mal das Thema",
Armin übernahm wieder die Befragung.
„Illegales Glücksspiel ist ja
ebenfalls verboten, dafür müssen sie
sich auch noch mit unseren Kollegen
unterhalten. Aber was uns
interessiert ist, ob sie einen Klaus
Immer kennen. Wie sieht´s aus?"
„Ja, der Junge ist oft bei uns –
gewesen.
Zuletzt hatte er mir seine Schulden
von achtzig Riesen zurückgezahlt.
Woher er plötzlich das Geld hatte
war mir egal. Damals wollte er, dass
ich ihm jemanden vermittelte, der
ihm Schwierigkeiten mit einem
Kollegen abnehmen würde. Ich dachte
dabei an den Harry, und gab dem
Immer eine Telefonnummer, die er
anrufen sollte. Das war die Nummer
einer Kneipe in der sich Harry
gelegentlich aufhielt. „Bei Lotti"
heißt die Pinte. Aber fragen sie
doch den Immer nach seinem Alibi.

Vielleicht hatten die beiden ja Zoff", schloss Deubel seine Aussage zu diesem Punkt ab.

An dieser Stelle beendeten wir zunächst die Befragung und informierten die Kollegen vom Diebstahl darüber, dass sie sich nun den Deubel zur „Brust nehmen" konnten, wenn sie wollten. Sie wollten! So konnte der Beschuldigte sitzen bleiben. Armin setzte ihn davon in Kenntnis, was dieser mit beleidigtem Gesicht zur Kenntnis nahm.

Leicht frustriert gingen wir drei wieder in unser Büro und setzten uns in die rollbaren Drehstühle. Wir schauten uns ratlos fragend an. All unsere Hoffnung hatte in der Person des Deubel als Mörder von Harry gelegen, aber der hatte ja wohl ein sicheres Alibi.
Was nun? Dass mein junger Freund und Kollege Armin ´mal sprachlos war, geschah eigentlich sehr selten.
Aber an diesem Vormittag war es soweit.

Jan van Heugen schreckte auf. Was
war los? Er schaute sich um. Langsam
wurde im bewusst wo er sich befand.
Das Geräusch eines aus der Garage
fahrenden Autos hatte ihn geweckt.
Vorsichtig näherte er sich dem
Fenster. Leider konnte er nur die
Rückseite der Garage und des Hauses
erkennen.
Er nahm aber an, dass der Hausherr
nun auf dem Weg zur Arbeit war.
Jan wollte seiner Tante seinen
momentanen Anblick nicht zumuten,
also machte er sich an dem kleinen
Waschbecken an der hinteren Wand
soweit es ging frisch. Für seine
Kurzhaarfrisur benötigte er Gott sei
Dank keinen Kamm. Seine Zähne putzte
er mit einigen kräftigen Schluck
Mineralwasser.
Nun glaubte er, vor sie hintreten zu
können.
Da die Rollläden alle noch unten
waren, gelangte er ungesehen zur
Eingangstür.
Seine Tante Lore staunte nicht
schlecht als sie ihren Neffen vor
ihrer Tür stehen sah, und dann noch
so früh. Er war ja nicht gerade als

Frühaufsteher bekannt in der Familie.
Dennoch war sie erfreut ihn zu sehen. Irgendwie hatte sie einen Narren an ihm gefressen. Schon als er ein kleiner Junge war, konnte sie sich kaum von ihm loseisen. Oft hatte sie sich gefragt, warum das so ist. Wahrscheinlich lag es daran, dass sie selber keine Kinder bekommen konnte und Jan der einzige Neffe von ihr war. „Jan, was machst du denn hier?", fragte sie in deutscher Sprache. Seit sie in Deutschland lebt, spricht sie nur in der Sprache in dessen Land sie sich gerade aufhält. Da sie englisch und französisch sprechen konnte, fuhr sie bisher nur nach Frankreich oder nach Großbritannien, und natürlich nach Holland.
Sie öffnete die Eingangstür weit und bat Jan van Heugen ins Haus. Im Wohnzimmer Hauses, servierte Lore ihm einen Kaffee. Das Wort Haus ist eigentlich falsch. Es war eine umgebaute, modernisierte Villa, deren alte Fassade aus dem Jahre 1900 aber im großen und ganzen

erhalten wurde.

Nun wollte sie wissen warum Jan sie besuchte. „Also erzähl, was führt dich zu uns?"

„Tja liebe Tante", immer wenn er so anfing wusste sie, dass wieder irgend etwas nicht stimmte. „Ich benötige für ein paar Tage eine Unterkunft. Nach Hause kann ich zur Zeit nicht. Es gibt da einen eifersüchtigen Ehemann, der bringt mich glatt um. Der ist so verrückt, dass er sich Tag und Nacht mit einem Wohnmobil vor dem Haus in dem ich wohne hingestellt hat, um mich eines Tages zu erwischen. Seine Frau hat mich angerufen und mir versichert, dass sie mir Bescheid gibt, wenn er sich wieder beruhigt hat. Das kann aber ein paar Tage dauern."

Wohl wissend, dass einer seiner Nachbarn sein Wohnmobil immer vor dem Haus, gegenüber seiner Wohnung, parkte und nur zu einen seiner vielen Kurzurlauben nutzte.

„Na klar kannst du hier bleiben. Ich bereite dir nachher eines der Gästezimmer vor, und deinem Onkel werde ich das schon verklickern.

Aber so wie es aussieht hast du kein Gepäck dabei. Naja, ist verständlich, wenn du nicht nach Hause kannst. Ich werde nachher hinfahren und dir ein paar Sachen holen, ok?", Jan nickte zufrieden.
Nach einem ausgiebigen Frühstück richtete Lore ihrem Neffen das Gästezimmer her. Jan half ihr dabei so gut er konnte und machte ihr den Vorschlag mitzufahren seine Sachen zu holen. Sie könnte ja etwas weiter von seiner Wohnung parken, und er wollte im Wagen sitzen bleiben. Alleine fühlte er sich nicht wohl in diesem großen Haus, und um sich im Garten zu sonnen, dazu war das herbstliche Wetter doch nicht mehr geeignet. Sicherlich, es war ein sonniger Tag, aber eben doch mit herbstlichen Temperaturen.
Sie war einverstanden.
Gegen Mittag holten sie problemlos einige Kleidungsstücke nach seinen Angaben und Waschzeug. Da Lore am Vormittag keine Zeit gehabt hatte etwas zu kochen, spendierte sie ihrem Neffen ein Mittagessen in einem ruhigen Restaurant am Rande

der Innenstadt.
Zu Hause angekommen war es nicht
mehr lange hin, bis der Onkel aus
seinem Betrieb auch eintreffen
würde.
Da Neffe und Tante sich lange nicht
gesehen hatten, gab es einiges zu
erzählen.

So wie es schien hatte Deubel ein
Alibi. Ich konnte es nicht fassen.
Ich begab mich dann mit müden
Schritten zu unserer magnetische
Schreibtafel und nahm einen der
bunten Schreibern zur Hand.
„Dann lasst uns doch ´mal ein
Resümee ziehen: Wir haben als ersten
Toten, den Michael. Zu ihm gibt es
eine Verbindung zu seiner Verlobten
Lisa Jahnke und Immer. Aber der Fall
ist ja im Prinzip schon
abgeschlossen"
Ich schrieb die Namen auf die Tafel
und verband sie mit Strichen.
„Dann haben wir den ebenfalls toten
Harry. Der stand auch mit Immel in
Verbindung. Ich mache ´mal eine
gestrichelte Linie."
Ich schrieb noch die anderen Namen

an die Tafel und verband sie mit Strichen soweit uns eine Verbindung bekannt war. Es bot sich uns folgendes Bild:
Michaels Name stand oben links daneben die von Harry und Deubels. Unter Michas Name waren Lisa und Klaus Immer aufgelistet. Durch die Verbindungslinien ergab es sich, dass keiner der zwei Verdächtigen mit dem Mord an Harry in Zusammenhang gebracht werden konnte. Immel war zum Zeitpunkt der Ermordung von Harry bei uns in Haft, und Deubel hatte ja mit seinen "Spielkameraden" scheinbar ebenfalls ein hundertprozentiges Alibi.
„Es hilft ja alles nichts, wir müssen uns mit Harry´s Umfeld beschäftigen", war Armins Überzeugung. Ich teilte diese mit ihm.
„Haben wir seine Adresse?", wollte ich wissen.
Armin suchte in den Unterlagen dieses Falls. „Nein, hier sind nur Angaben zu seinem Tod."
Da konnte uns aber Peter mit seinen Unterlagen helfen.

„Roßstr.80, da soll eine Apotheke unten im Haus sein", war seine Auskunft, „aber vielleicht ist es sinnvoller mal zu Lotti in die Kneipe zu gehen, wenn der Laden voll ist. Sie kennt doch bestimmt den Einen oder Anderen, der mit Harry Kontakt hatte."

„Wir werden getrennt vorgehen", bestimmte ich. „Ihr werdet euch heute Abend bei Lotti umhören und ich fahre in Harry´s Wohnung und sehe mich dort einmal um." Und zu Peter gewandt: „Hast du auch den Wohnungsschlüssel bei deinen Unterlagen?"

Peter griff in den beiliegenden Umschlag und reichte ihn mir mit den Worten:„Da wollen wir nur hoffen, dass heute nicht ihr Ruhetag ist."

Ich nickte hoffnungsvoll.

„Und was machen wir bis zum Abend?", wollte Armin wissen.

Ich schaute aus dem Fenster und fand, dass es ein wunderschöner Herbsttag mit einer angenehmen Temperatur war. Also gab ich die Empfehlung:„Es ist doch noch ein schönes Wetter, macht euch einen

schönen Nachmittag in einem sonnigen
Biergarten. Um Achtzehn Uhr treffen
wir uns dann wieder hier, ok?"
Beide empfanden den freien
Nachmittag als „Belohnung", aber
dass diese Zeit mit dem Abendeinsatz
verrechnet würde, war ihnen noch
nicht klar.

Wir trafen uns wie verabredet um
Achtzehn Uhr in unserem Büro. Der
„freie" Nachmittag hatte ihnen wohl
gut getan, denn sie waren gutgelaunt
und voller Tatendrang.
Ich konnte ihnen mitteilen, dass ich
in Harry's Wohnung, in der
Besteckschublade, die vermeintliche
Tatwaffe von dem Mord an Michael
gefunden hatte. Diese war nun in der
KTU. Wir müssen nun abwarten, was
die Pathologin dazu meint. Ansonsten
habe ich nichts von Interesse
gefunden. Der hatte nicht einmal
einen PC oder Laptop. Auch hatte ich
kein Geheimfach gefunden.
Wir verließen gemeinsam unser Büro
und trennten uns auf dem Parkplatz.
Sie fuhren zu Lotti und ich zu
meiner lieben Frau.

In Lottis Lokal steuerten beide zunächst die Wirtin an. Sie erkannte die beiden von unserem ersten Besuch bei ihr wieder und begrüßte sie erstaunt, aber mit einem Lächeln und einem hintergründigen Scherz:„Hallo, die Polizei besucht mich schon wieder? Allzu oft dürfen sie aber nicht kommen, sonst bleibt die Hälfte meiner Gäste weg. Was kann ich für sie heute tun?"

„Wir sind wegen dem Harry Lojewski hier. Der war doch häufig ihr Gast, oder?", eröffnete Armin das Gespräch.

„Wieso war?", Lotti war erstaunt.

„Er ist tot", war Peters lakonische Antwort.

„Ach du meine Güte! Nicht dass er viel Geld hier gelassen hatte, aber gekannt habe ich ihn natürlich schon. Was ist ihm denn passiert?", Lotti war sichtlich betroffen.

Dieses Mal antwortete Armin:„Er ist erschossen worden. Nun suchen wir Leute die uns etwas über ihn erzählen können.

Kennen sie da jemanden? Oder ist gar

einer davon heute hier?"
„Ja, die ihnen vielleicht
weiterhelfen können sind die drei
dort in der Ecke." Sie deutete auf
einen Bistrotisch der nah am Fenster
in der äußersten Ecke der Kneipe
stand. Drei Männer um die Mitte-
Dreißig standen darum. So wie es
schien waren sie in einem ernsten,
intensiven Gespräch vertieft. Vor
ihnen stand jeweils ein vormals
volles großes Alt.
Die beiden Polizeikollegen bedankten
sich bei Lotti und steuerten die
drei an.
Als sie am Tisch ankamen, wurden
diese auf die beiden Kollegen
aufmerksam und sahen sie mit
fragenden Blicken an.
Sie wiesen sich aus und erklärten
ihnen warum sie bei „Lotti" waren.
Es stellte sich heraus, dass die
Wirtin recht hatte und alle drei den
toten Harry kannten.
Der erste winkte aber gleich mit den
Worten ab:„Ich kenne Harry
eigentlich nur oberflächlich, wenn
ich ihn hier gesehen habe. Wir haben
kaum zehn Sätze mit einander

geredet. Ich mochte ihn auch nicht.
Das war so´n Angebertyp."
Armin wand sich seinem Nachbarn zu:
„Und sie, kannten sie ihn auch
kaum?"
„Doch, doch, ich kannte ihn schon
besser. Wir waren Nachbarn, aber so
richtig tiefe Gespräche haben wir
nie gehabt. Ich weiß aber, dass der
Gerichtsvollzieher bei ihm oft zu
Gast war. Er ist wohl auch auf der
Arbeit raus geflogen. Der soll was
geklaut haben."
„Wissen sie, ob er häufig Besuch
hatte? Oder ob es irgendwelche
Freunde gab?", wollte darauf der
Kollege Keller wissen.
„Ich kann mir nicht vorstellen, dass
der Freunde hatte. Das war so´n
richtiger Muffelkopp. Obwohl – vor
ein paar Tagen habe ich mitbekommen,
dass er Besuch von einer Frau hatte.
Das kann aber nur Verwandtschaft
gewesen sein, eine Schwester
wahrscheinlich, denn ich kann mir
nicht denken, dass sich eine Frau
für ihn interessiert hätte."
„Aber sie, sie können uns
hoffentlich mehr über den Toten

erzählen", versuchte Armin sein Glück bei dem dritten im Bunde. Dieser verzog sein Gesicht, in dem eine große platte Boxernase den Mittelpunkt bildete.

„Na klar kenne, oder besser, kannte ich den Arsch! Wenn er nicht tot wäre, hätte ich noch ein Hühnchen mit ihm zu rupfen gehabt". Sichtlich aufgeregt sprach er weiter: „Der hätte richtig was auf die Fresse bekommen, wenn ich ihn zu packen gekriegt hätte, aber das hat sich ja nun erledigt"

Nun hakte Peter nach: „Warum? Was hatte er den gemacht?"

„Als ich vor zwei Wochen aus dem Knast kam, hab´ich erfahren, dass der Arsch sich massiv an meine Frau rangemacht hatte. So mit begrapschen und so..!"

Peter und Armin sahen sich vielsagend an.

Sie nahmen noch die Personalien der drei auf und wollten schon gehen, da fiel Peter noch eine Frage an den zweiten in der Runde ein: „Ach, eine Frage noch: Wie sah die Frau eigentlich aus, die den Harry besuchte? Haben sie ihr Gesicht gesehen?"

„Ja, wir haben uns im Hausflur kurz vor Harry´s Tür getroffen und ich hörte, wie sie da klingelte. Wie sie aus sah? - ", er überlegte ein wenig. „Hübsch, ja gut aussehend, ist wohl richtiger. Mitte bis Ende zwanzig, ungefähr eins-siebzig groß, langes dunkles Haar, fast schwarz würde ich sagen."

Mit einem „Alles klar" und dankenden Worten verabschiedeten sich meine Kollegen und verließen, der Lotti noch zuwinkend, das Lokal.

„Das war´s dann für heute, oder hast du noch etwas, das nicht bis morgen warten kann?", wollte Armin wissen, als sie im Wagen von Armin saßen.

„Nee, weiß Gott nicht. Setz mich am Präsidium ab und wir sehen uns dann Morgen wieder im Büro, Okay?"

„Okay!"

Lore hatte am Dienstag ihrem Mann Günther nach dem Abendessen auf vorsichtiger Weise versucht zu erklären, dass ihr Neffe Jan bei ihnen für einige Tage zu Gast ist.

Da sie wusste, wie er zu dem Sohn
ihres Bruders stand, hatte sie
diesem geraten, erst einmal in
seinem Gästezimmer zu bleiben.
Günther mochte Jan nicht, aber der
war ja in Holland oder sonst wo auf
der Welt, so glaubte der Herr des
Hauses. Also war er für den Besitzer
einer gutgehenden Firma kein Thema,
aber dass der nun bei ihm im Haus
war, das gefiel im absolut nicht.
Ganz und gar nicht!
Logischerweise hat es eine
fürchterlichen Krach gegeben.
Er hatte darauf bestanden, dass ihr
Neffe am Mittwoch, also am nächsten
Tag das Haus verlassen soll. Ohne
ein weiteres Wort stand Günther auf
und verschwand hinter der
schallgedämmten Tür, die zu seinem
Arbeitszimmer führte.
Jan hatte alles mitangehört, traute
sich aber nicht nach unten zu seiner
Tante zu gehen.
Danach war es ruhig geworden im Haus
an der Tiergartenstraße 160.

Als ich am Mittwoch etwas verspätet

in unserem Büro ankam, waren die beiden jungen Kollegen schon damit beschäftigt die notwendigen Berichte zu schreiben.

„Der frühe Vogel entgeht der Katze, oder so ähnlich. Guten Morgen liebe Kollegen", ich wollte den Tag mit einem Scherz anfangen und mit besonderer Freundlichkeit für eine gute Stimmung sorgen.

Da aber keiner gerne Berichte schreibt, war die Resonanz auf meine Begrüßung dementsprechend.

„Ja, ja, wir haben dich auch ganz lieb, Herr Hauptkommissar", vernichtete Armin meinen Guten-Morgen-Gruß und Peter nickte zustimmend.

Irgendwie konnte ich die beiden verstehen.

„Wie lange habt ihr noch zu tun? Mir ist da noch ´was eingefallen bezüglich des Alibis vom Deubel. Ich würde dann mal eben zu den Kollegen vom Diebstahl hinübergehen.

Ist das ok?"

„Ja gut", meinte Armin, „ich habe noch etwa eine halbe Stunde zu tun. Und du Peter?", bei den letzten

Worten hatte Armin sich Peter zu
gewand.

„Ich werde dann wohl auch fertig
sein", war dessen Antwort.

„Alles klar, ich denke die Zeit wird
reichen. Bis dann... ."

Ich machte mich auf den Weg in die
dritte Etage zu den Jung´s mit den
Autodieben.

Nach fünfunddreißig Minuten war ich
mit neuen Erkenntnissen wieder
zurück in unserem Büro. Was ich bei
den Kollegen erfahren musste, war
alles andere als eine Motivation.
Ein Angler hat am Dienstag Abend am
Suitbertus-See den toten Kollegen
Sulke gefunden.

Er hatte etwas verdeckt unter
Büschen gelegen. Wenn der Angler
nicht, seiner Notdurft gehorchend,
zu der Buschgruppe gegangen wäre,
hätten wir wohl immer noch nicht
gewußt wo er war.

Die Kollegen hatten mir mitgeteilt,
dass dem Polizeimeister von hinten
in den Kopf geschossen wurde. Die
Tatwaffe aber sei nicht gefunden
worden. Es könnte sein, dass der

Täter sie in den See geworfen hat.
Taucher seien schon bei der Arbeit,
aber der Grund ist sehr schlammig
und die Sichtweite sollte nur
maximal einen halben Meter sein.
Meine beiden Kollegen verfielen in
betroffenes Schweigen.
Ein junger Polizist ist über den
Anfang seiner Karriere nicht hinaus
gekommen. Doch noch viel schlimmer
war, dass ihm das Leben genommen
wurde! Er hätte doch noch soviel
schönes erleben können....
Solche Erlebnisse setzten mir immer
sehr zu und das machten sie immer
noch.
Wie leicht hätte es einen selbst
treffen können?
Polizist sein ist nicht immer schön!
Natürlich durfte ich Irmgard davon
nichts erzählen, auch wenn sie
merkte, dass mit mir etwas nicht
stimmte.
In den meisten Fällen musste dann
immer ein Staatsanwalt, der uns das
Leben schwer machte, als Sündenbock
herhalten.

„Kollegen, es hilft ja alles nichts.

Ich denke wir gehen jetzt in die
Kantine, trinken einen Kaffe und
erholen uns von der schlechten
Nachricht ein wenig. Ich denke, dass
wir dann in einer Stunde versuchen
sollten, mit unserer Sache weiter zu
machen, ok?", war mein Vorschlag.
Beide nickten stumm. Zu dem
Zeitpunkt waren sie noch nicht in
der Lage viel zu reden.
Nach ungefähr eineinhalb Stunde
waren die Kollegen soweit, dass sie
glaubten, weiter arbeiten zu können.
Wir verließen die Kantine in der
ebenfalls eine bedrückende
Atmosphäre herrschte.
Die beiden waren mit ihren Berichten
schon bei meiner Ankunft fertig
gewesen und hatten unsere
Schreibtafel mit den drei Namen der
Männer die sie am Tag vorher bei
„Lotti" befragt hatten aktualisiert.
„Nanu, seid ihr gestern bei Lotti
fündig geworden?", wir hatten uns
darüber ja noch gar nicht
unterhalten."
„Wie man´s nimmt", meinte Peter,
„eigentlich ist nur dieser", dabei
deutete er auf den Namen Berger,

„von Interesse für uns. Er hatte Wut
auf den Harry, weil der wohl die
Frau von Berger befummelt hatte, als
der noch im Gefängnis war. Er
wiederum hatte sich vorgenommen
Harry zu verprügeln. So wie Berger
gebaut ist, hätte das unter
Umständen auch Harrys Tod sein
können.

„Dieser", dabei hatte er auf den
zweiten Namen auf der Schreibtafel
gezeigt, „konnte gar nichts über
Harry sagen, denn er kannte ihn nur
aus der Kneipe und hat kaum ein paar
Sätze mit ihm geredet."

Anders der Dritte: Ein Herr Karski,
ein Nachbar aus dem selben Haus in
dem Harry wohnte. Der hatte auch
nichts Gutes über den Typen zu
sagen. Er meinte aber, dass Harry am
Samstag Besuch von einer jungen Frau
hatte. Er nahm an, das es Harry´s
Schwester oder eine andere Verwandte
war."

„Konnte er die Frau beschreiben?",
wollte ich wissen.

Peter gab die Beschreibung an mich
weiter und fügte hinzu:„Das steht
natürlich auch alles in unseren

Berichten."

„Wie war denn euer Eindruck von diesem Berger? Wäre ihm ein Mord zuzutrauen oder war er glaubwürdig?"

„Ich denke, wir sollten uns den Mann ´mal einzeln hier bei uns vornehmen. Vielleicht ist er ja auch nur ein guter Lügner", schlug Armin vor.

„Ja, das sehe ich nun auch so", gab ich ihm recht. „Schick ´mal einen Wagen hin und lass ihn holen. Hoffentlich ist er zu Hause."

Armin machte ein Telefonat und stellte mir die Frage: „Hat du eigentlich etwas bei den Kollegen vorhin erreicht?"

„Ja - ", ich machte es spannend: „Deubels Alibi ist geplatzt. Er hatte den Spieltisch für etwa eine Stunde verlassen und keiner hat ihn in der Zeit gesehen. Es war also Zeit genug, um den Mord an Harry zu begehen. Wie und wo er die Stunde verbracht hat, darüber müssen wir ihn nun nochmal befragen."

Dieses Mal war es Peter der zum Telefon griff und um die Vorführung des Herrn Deubel in ein Verhörraum

zu veranlassen. Danach hatte ich für
ihn eine Aufgabe.
Ich bat ihn zu dem Nachbarn Karski
fahren, um ihn zu holen.
Der Phantomzeichner sollte dann nach
den Angaben von Karski die
vermeintliche Schwester malen.
Wobei, im Zeitalter der Computer
eigentlich nicht mehr wirklich
gezeichnet wird.
Er sollte ihm, falls er nicht zu
Hause war eine Vorladung in den
Briefkasten stecken.

Eine Viertelstunde später saß uns
Deubel im Vernehmungszimmer
gegenüber.
„Also Herr Deubel", begann ich das
Gespräch, „wir haben uns ´mal
eingehend mit ihrem Alibi befasst
und mussten erkennen, dass sie nicht
ehrlich zu uns waren. Sie haben uns
verschwiegen, dass sie eine Stunde
nicht am Spieltisch waren.
Somit hatten sie Zeit genug Harry
Lojewski zu ermorden. Ihre
„Spielkameraden" haben das
einstimmig unabhängig von einander
ausgesagt. Also, wo waren sie?"

Deubel musste deutlich sichtbar
schlucken.
„Ja, richtig, das hatte ich ganz
vergessen. Sie müssen mir glauben!
Ich habe mit dem Mord nichts zu
tun!", beschwörend standen seine
Worte im Raum.
Da keiner von uns etwas sagte,
versuchte er uns zu erklären:„Ich
habe nichts davon gesagt, weil ich
mit einer Frau zusammen war. Ich
hatte eine SMS von ihr bekommen in
der sie mir mitteilte, dass ihr Mann
grade zum vorverlegtem Abendspiel
der Fortuna gegangen sei und nun
ganz dringend mein Erscheinen
wünschte. Wenn sie verstehen, was
ich meine!? - Da darf man eine
schöne Frau doch nicht warten
lassen."
„Hat die schöne Frau denn auch einen
Namen?", forschte Peter nach.
„Natürlich, aber wie ich schon
sagte: Sie ist verheiratet und
möchte logischerweise nicht, dass
ihr Mann von uns beide etwas
erfährt. Ich möchte das übrigens
auch nicht."
Ich ergriff wieder das Wort:„Tja,

sie können sich es aussuchen:
Entweder wegen Mordes angeklagt zu
werden oder schlimmsten Falls in
eine Scheidung verwickelt zu werden.
Also, wie entscheiden sie sich?"
Einsichtig und Zähne knirschend kam
es aus ihm heraus: „Erbracht, Lore
Erbracht ist ihr Name."
Wir drei schauten uns an und waren
ziemlich erstaunt.
„Erbracht? Von Erbracht-Elektronics?
Die Frau von dem Inhaber?"
Auf dies drei Fragen von uns kam nur
eine Antwort:„Ja."
„Wie haben sie sich denn kennen
gelernt?", ich interessierte mich
für den Hintergründen.
„Ich habe gelegentlich mit ihrem
Mann geschäftlich zu tun. Sie wissen
ja, Import und Export. Dabei kümmere
ich mich hin und wieder um seine
Lieferungen ins Ausland.
Bei einer Betriebs-Jahresfeier
lernte ich dann auch seine Frau
kennen und sie mich. Wir verstanden
uns sofort und es entfachte Feuer
zwischen uns."

„Na gut, das Liebesleben von Frau

Erbracht und ihnen geht uns nichts an, aber befragen müssen wir sie dennoch", erklärte ich ihm die Situation. „Haben sie die Handynummer von ihr? Dann können wir das gleich klären und ihr Mann brauch nichts erfahren." Er konnte sie uns aus dem Gedächtnis sagen. Armin notierte sie sich.

Da ihr Mann vermutlich im Werk war, konnte Armin auch gleich einen Versuch machen sie zu erreichen. Er hatte Glück und sie meldete sich. Nachdem er ihr in kurzen Sätzen erklärt hatte, um was es ging, stritt sie zunächst ab, den Deubel zu kennen. Doch Armin konnte sie auf eine einfühlsame Weise dazu bringen die Wahrheit zu gestehen, und dass sie uns am Nachmittag im Büro aufsucht, um das Alibi von Deubel zu unterschreiben.

Er konnte mich immer wieder in Erstaunen versetzen, durch seine Art mit Menschen umzugehen.

Jan hatte sich erst einmal richtig ausgeschlafen. Seine Gastgeberin Tante Lore hatte es ihm auch gegönnt

und ihn nicht geweckt.
Nachdem er die Übergardine am
Fenster zur Seite geschoben hatte,
strahlte ihm die Sonne ins Gesicht.
Als er dann endlich in der Küche
auftauchte, war er geduscht und froh
gelaunt.
Lore begrüßte ihn mit einem Lächeln
und bat ihn sich an den Tisch zu
setzen, damit sie ihm den Kaffee
bringen könnte. Brötchen und
Aufschnitt standen schon auf dem
Tisch bereit. Da der
Altersunterschied zwischen den
beiden nur Vierzehn Jahre betrug
hatte er seine Tante schon immer nur
mit Vornamen angesprochen. „Lore,
heute ist das Wetter so schön, hast
du eigentlich nichts für mich im
Garten zu tun? Ich könnte ein
bisschen körperliche Arbeit
gebrauchen.
Erstaunt hob Lore die Augenbrauen:
„Du willst freiwillig körperlich
arbeiten? Na gut, du könntest mir
den Gefallen tun und das Laub vom
Rasen zusammen harken. Das ist für
mich doch
ziemlich anstrengend, und einen

Laubbläser können wir hier, wegen der Nachbarn, nicht einsetzten. Der Laubfeger ist in dem Gartenhäuschen."

Zwischen zwei Bissen vom Brötchen quetschte er ein „Alles klar", heraus.

Nach dem Frühstück machte er sich an die Arbeit.

Den Nachmittag verbrachte er als Gesellschafter seiner Tante. Sie hatte sich vorgenommen die schon lange liegen gebliebene Bügelwäsche aufzuarbeiten. Dabei konnte sie Unterhaltung gut gebrauchen.

Als Jans Handy sich meldete, schaute er auf den Name des Anrufers und stand entschuldigend auf, um das Zimmer zu verlassen. Der Anrufer war Deubel. Er wollte sich erkundigen warum er das mit der Entführung gemacht hatte und wie es ihm geht. Jan erklärte im seine Lage und fand, Deubel war richtig nett. Er hatte sich schließlich nach seinem Befinden erkundigt.

Als er wieder in das Bügelzimmer kam, wollte er mit Lore über ein Thema reden, was ihm schon einige

Zeit beschäftigte.

Schnell kam Jan darauf zu sprechen, was ihr aber offensichtlich unangenehm war.

Da Deubel nicht wusste, dass Jan der Neffe von Lore war, hatte er nach einigen Bieren von seinem Verhältnis zu Lore angegeben. Jan hatte sich damals aber nichts anmerken lassen.

„Mensch Lore, woher kennst du den überhaupt? Das ist ein Krimineller". Das musste der Jan van Heugen gerade sagen!

„Das glaube ich nicht. Günther hat doch gelegentlich mit ihm geschäftlich zu tun. Der Herman war ´mal bei uns zu einer Betriebsfeier. Da haben wir uns kennen gelernt. Er war sehr charmant und humorvoll. Wenn man die meiste Zeit alleine ist, dann ist eine Frau in den besten Jahren leicht zu beeinflussen. Und es hat mir verdammt gut getan, Komplimente zu bekommen. Dass Günther so früh wie gestern nach Hause kommt, ist ausgesprochen selten. Manches Mal denke ich, dass er mehr mit seiner Firma verheiratet ist als mit mir."

„Aber du riskierst das alles hier
für das bisschen Bumsen? Ist es das
wirklich wert?"
„Das würde mich ebenfalls brennend
interessieren", war plötzlich die
wütende Stimme des Hausherren, der
in der Zimmertür stand, zu hören.
Ruckartig und erschrocken flogen die
Köpfe herum in Richtung Tür.
Lore war plötzlich kreide-weiß im
Gesicht geworden.
Mühsam nach Worten suchend versuchte
sie ihre Fassung wieder zu gewinnen:
„Günther - wie lange hörst du denn
schon zu?"
„Lange genug! Lange genug!", die
Wiederholung war deutlich wütender.
Dabei machte er einige schnelle
Schritte auf seine untreue Ehefrau
zu, sodass sie schon befürchtete er
würde auf sie einschlagen. Er hatte
sich aber doch soweit in der Gewalt,
dass er es nicht tat. Seine Erregung
war ihm aber deutlich anzumerken,
sein ganzer Körper bebte und
zitterte.
„Wir werden später darüber reden.
Ich muss das erst einmal
verarbeiten", seine Stimme klang

wieder ruhiger, doch man konnte sich denken, dass in seinem Inneren immer noch ein Chaos herrschte. Mit schnellen Schritten verließ er den Raum.
Er hinterließ betretenes Schweigen bei dem Neffen und seiner Tante. Natürlich hatte Jan das eben Geschehende nicht gewollt, aber irgendwie amüsierte es ihn.

Lore hatte in jungen Jahren ihren jetzigen Mann auf einem Campingplatz am Ijsselmeer kennengelernt. Ihre Eltern waren die Platzbesitzer und Günther Erbracht hatte dort mit seinem VW-Camping-Bus seinen Urlaub verbracht. So geschah, was geschehen musste, wenn zwei Menschen sich mögen. Sie hatten sich in einander verliebt und zwei Jahre später hatten sie geheiratet. Sie war dann logischerweise zu ihrem Ehemann nach Düsseldorf gezogen.
Im Verlauf der Jahre hatte ihr Mann zunächst einen kleinen Betrieb gegründet, der heute weltweit seine Geschäfte tätigt.
Dass sie keine Kinder hatten, war

schon eine unterschwellige Belastung
für die Ehe, aber es hatte nicht
sein sollen. Obwohl beide gesund
waren.
Vielleicht hatte Günther sich
deshalb so in seine Arbeit
vergraben. Besonders in den letzten
Jahren hatte er seine langen
Arbeitszeiten eingeführt.
Nun Stand sie vor einem
„Scherbenhaufen" ihrer Ehe.

Nach dem ihr Mann den Raum verlassen
hatte, und der Schock verdaut war,
wollte Lore nicht mehr weiter bügeln
und packte die Sachen zusammen.
Jan stand auf legte tröstend den Arm
um ihre Schultern und meinte, er
werde auf sein Zimmer gehen, und
wenn sie mit ihm reden wollte,
könnte sie jeder Zeit zu ihm kommen.
Bevor er aber nach oben ging, fiel
ihm ein, dass er die Polizeipistole
ja noch im Gartenhäuschen versteckt
hatte.
Er fand es sicherer, wenn sie sich
in seinem Zimmer befand. Also holte
er sie, versteckt in einer alten
Zeitung die er in der Laube beim

Altpapier fand.
In seinem Zimmer setzte er sich vor
den Fernseher und ließ den Tag
ausklingen.
Hin und wieder klangen die erregten
Stimmen seiner Tante und ihrem
Ehemann gedämpft durch die Zimmertür
zu ihm herauf.

Nun Herr Deubel, für den Mord an
Harry haben sie ja wohl ein Alibi,
aber das Neuste wissen sie noch
nicht. Aus der Entführung ist
mittlerweile ein Mord an einem
Polizisten geworden.
Dann wollen wir ´mal zu der
Ermordung des Kollegen durch einen
ihrer „Mitarbeiter" kommen.
Wer ist der Mann? Wie heißt er und
wo wohnt er?" wollte ich von ihm
wissen.
„Was – ihr Kollege ist tot? Ach du
Scheiße, was für ein Idiot! Aber
woher soll ich wissen wer das war?
Ich hab´doch von alldem nichts
mitbekommen. Ich war doch noch in
der Halle. Sind die mit einem der
Wagen weggefahren?"
Ich nickte:„Ja, mit einem

italienischen Sportwagen.“
Deubel glaubte sich zu erinnern:„Ich
denke das war der Holländer. - Ja
genau, der Holländer!
Aber fragen sie mich nicht wie der
heißt. Alle nannten ihn nur
„Holländer“. Wenn ich ihn auf seinem
Handy angerufen hatte, dann meldete
er sich immer nur mit `Ja?´. Ich
glaube auch nicht, dass einer von
den anderen seinen Namen kennt.“
Ich war sicher, dass er, als er uns
aufforderte die Waffen auf den Boden
zulegen, mit flämischen Dialekt
gesprochen hatte. Das konnte also
stimmen.
Armin kam dann auf die Idee den
„Holländer“ mit den Versuch einer
Handyortung ausfindig zu machen.
Fand ich einfach klasse!!
Das Zeitalter der Computer und der
Handys und den neuen technischen
Möglichkeiten war in meinem Kopf
noch nicht richtig angekommen.
Wenn das aber klappt, dann wollte
ich meine Meinung über dieses
Zeitalter ändern und wäre bereit,
es als ein tolles Zeitalter zu
betrachten.

Das würde ja bedeuten, dass wir so seinen aktuellen Aufenthaltsort heraus bekämen, vorausgesetzt Deubel würde ihn anrufen und ihn lange genug in ein Gespräch verwickeln. „Was halten sie davon? Machen sie mit? ..Kann nur zu ihrem Vorteil sein", wollte ich von dem „Autohändler" wissen.
Er war natürlich sofort bereit dazu. Ich bat Armin sich darum zu kümmern und auch das Handy von Deubel mitzubringen. Da die Kollegen auch die Nummer des Anrufenden benötigten, fragte er Deubel danach. Doch der verwies ihn auf die Rückseite seines Handys. Dort war ein Klebeband befestigt und auf dem die Nummer aufgeschrieben war. Er hatte Probleme damit sich so eine lange Nummer zu merken.
Fand ich allerdings für mich sehr nachahmenswert!
Während wir auf die Rückkehr meines Kollegen Becker warteten, wollte Deubel wissen, wie der entführte Polizist denn getötet worden ist. Natürlich konnte und wollte ich ihm darüber keine Auskunft geben.

Schließlich liegt in seinem Autoschieber Geschäft letztlich die Ursache für all dieses Elend, welches die Familie des toten Kollegen nun durchmachen musste. Er konnte also keinerlei Freundlichkeit erwarten.

Ich nahm mir in der verbleibenden Wartezeit die Berichte von den Kollegen Keller und Armin vor. Vielleicht fiel mir etwas neues auf. Aufgefallen ist mir zwar nichts, aber dafür eingefallen.

Wenn der „Holländer" ausländischer Staatsbürger war, dann war ja eine Zusammenarbeit mit dem LKA zwingend vorgesehen.

Ich wusste, dass die über eine neuartige Gesichtserkennungsmöglichkeit verfügten. Damit konnten Personen, welche in Bewegung waren, in Verbindung mit einer Verbrecherdatei ausfindig gemacht werden. Natürlich nur wenn sie dort gespeichert sind. Ich dachte dabei an die Videoaufzeichnung der U-Bahnstation. Darüber musste ich unbedingt mit Armin und Peter reden.

Kaum hatte ich diesen Gedanken zu
Ende gebracht, gesellte sich mein
Kollege Armin, im Schlepptau den
Kollegen Peter, zu uns in den
Gesprächsraum.
„Alles klar.Die Jungs von der
Technik rufen uns sofort auf diesem
Apparat an", dabei zeigte er auf das
Telefon welches am Rand des Tisches
stand, „wenn sie ein Ergebnis haben.
Vielleicht haben wir ja Glück".
Peter hatte sich etwas im
Hintergrund auf einen freien Stuhl
gesetzt und verfolgte mit großem
Interesse unser Vorhaben.
„Auf geht's Herr Deubel, versuchen
sie es mal", forderte ich ihn auf.
Obwohl ich nicht glaubte, dass der
Holländer so dumm war, sein Handy zu
benutzen.
Wie sich aber herausstellte: Er war
so dumm!
Er nickte und griff zu seinem Handy.
Er drückte einige Tasten um an die
gespeicherte Nummer von dem
„Holländer" zu gelangen. An ein
vielsagender Blick von ihm in die
Runde und der Ruf ging ins Netz.
Er hatte auf Lautsprecher gestellt,

sodass wir alles mithören konnte. An einem knacken in der „Leitung" und ein deutliches „Ja?", war zu hören, dass eine Verbindung bestand.
Deubel:„Hallo Holländer, ich bin´s, Deubel. Hör mal, was hast du denn gemacht? Bist du denn von allen guten Geistern verlassen? Für so ein bisschen brauchst du doch nicht durchzudrehen. Das hätte doch höchstens eine Geldstrafe bedeutet und die hätte ich sowieso übernommen. Kerl, wo bist du denn? Bist du in Sicherheit? Geht's dir gut? Brauchst du ´was?"
Der Holländer:„Halt mal die Luft an. Erstens, was für dich eine Geldstrafe bedeutet, ist für mich lebenslang. Ich werde nämlich in den Niederlande wegen Mordes gesucht. Da blieb mir keine andere Wahl als mich zu verabschieden, und zweitens, das mit dem Bullen ließ sich leider nicht vermeiden. Aber nett, dass du an mich gedacht hast. Was ist denn mit dir? Du bist ja wohl wieder frei".
Deubel:„Na klar, mir wird irgendwann der Prozess gemacht wegen Hehlerei,

aber bis dahin bin ich frei und werde wohl auch nur eine Geldstrafe bekommen. Wo bist du denn, doch wohl nicht mehr in deiner Wohnung? So blöd wirst du doch nicht sein?" Holländer: „Nein, nein, mach dir keine Sorgen. Ich bin bei Verwandten untergekommen. Die freuen sich, dass ich sie ´mal besuche. Die haben Platz genug. Also dann mach´s mal gut".

Somit war das Gespräch beendet. Deubel legte sein Handy auf den Tisch und wir blickten alle erwartungsvoll auf das Festnetz-Telefon vor uns.

Dann endlich, nach einer gefühlten Ewigkeit klingelte es. Ich hob ab und hörte schweigend zu. Dann legte ich, mich bei den Technikern bedankend, auf. Sofort rief ich im Haftbereich an und wir konnten Deubel wieder in seine Zelle zurück bringen lassen.

Anschließend ließ ich meine Mitarbeiter wissen, was die Techniker mir am Telefon mitgeteilt hatten:„Ihr werdet es nicht glauben, wo der Holländer untergetaucht ist.

Er befindet sich auf dem Gelände der Familie Erbracht, auf der Tiergartenstraße 160.

Es wäre doch ein Wunder, wenn das nicht unsere Familie Erbracht ist, die von Erbracht-Elektronics. Ich bat Armin im Einwohnermelde-Register nachzuschauen. Den Vornamen des Elektronic Erbracht konnte er ja im Handelsregister finden.

Einige Minuten später stand fest, dass es sich um dieselbe Familie handelte.

- Ok, bevor wir dort aber die Pferde scheu machen, habe ich noch einen anderen Gedanken. So wie es aussieht läuft uns der Holländer nicht so schnell weg."

Ich erzählte den beiden von meiner Idee mit der Gesichtserkennung beim Landeskriminalamt (LKA). Dazu benötigen wir aber den Zugriff auf die Bilderdatei der holländischen Kollegen. Wer will sich mit denen in Verbindung setzen und uns die Möglichkeit schaffen den Typ ausfindig zu machen?", fragte ich meine „Jungs". Wie erwartet hoben beide brav einen Finger, wie in der

Schule und grinsten mich an. Ich
konnte sie gut verstehen. Das war
´mal etwas anderes, als die trockene
Büroarbeit.
Was sollte ich machen? Ich konnte
nun nur das Los entscheiden lassen.
Die Entscheidung, wem das Los
zugetan war entschied sich durch die
Frage in welcher Hand ich, hinter
meinem Rücken, eine Büroklammer
gelegt hatte.
Peter gewann und wollte sich auf den
Weg zur LKA-Verwaltung machen, denn
ein Hilfeersuchen mit ausländischer
Polizei geht nur auf dem
Verwaltungsweg.
In Anbetracht der späten
Nachmittagszeit bremste ich ihn.
„Da fährst du am besten Morgen früh
hin, dann sind auch alle da. Weißt
du überhaupt wo das LKA seinen Sitz
hat?" Er wusste es:
„Auf der Völklinger Straße
Hausnummer 49."
Bevor wir aber in den Feierabend
verschwanden, wollte ich von Peter
noch wissen, was das Phantombild von
Harry´s vermeintlichen Schwester
ergeben hatte.

„Ach ja, hätte ich beinah vergessen,
´Sekunde", er griff auf seinem
Schreibtisch nach dem Bild.
„Tja, wie immer bleibt die ganze
Hoffnung an mir hängen," lächelnd
präsentierte er uns das Resultat der
„Phantom-Malerei".
Als ich das Bild sah, weiteten sich
voller Erstaunen meine Augen. Bevor
ich Armin meine Gedanken mitteilen
konnte, nahm dieser das Bild an sich
und meinte erstaunt:„Die kenn ich
doch! Woher kommt mir dieses Gesicht
bekannt vor?", er schaute mich
fragend an.
„Wenn mich nicht alles täuscht hat
dieses Bild viel Ähnlichkeit mit
Lisa Janke, der Verlobten von
unserem ersten Toten, Michael
Köster", deutete ich das, was ich
soeben gesehen hatte.
Bevor wir uns damit weiter
beschäftigen konnten, mussten wir
aber einen Beweis haben, ob unsere
Erkennung richtig war.
„Lass uns auch für heute Schluss
machen. Morgen ist auch noch ein
Tag", schlug ich Armin vor. Er
nickte, wir packten unsere

Unterlagen in den Schrank, zogen
unsere Jacken an und verließen unser
Büro.

Der Donnerstag begann da, wo er am
tags zuvor für uns aufgehört hatte.
Armin und ich mussten uns nun ohne
Peter, der wollte ja früh beim LKA
sein, Gedanken machen.
Es musste festgestellt werden, ob
das Phantombild wirklich Lisa Janke
darstellte.
Ich überlegte laut:„Was hätte die
denn mit Harry zu tun?
Doch laßt uns die Sache nicht
vorschnell beurteilen. Wir müssen
den Nachbarn und die Frau Janke noch
einmal einbestellen, damit er sie
sich erneut in natura ansehen kann.
Hoffentlich hat sie noch Urlaub und
ist nicht schon wieder irgendwo in
der Welt unterwegs. - Aber nein,
solange der Köster noch nicht
beerdigt ist, wird sie sicherlich
noch nicht arbeiten.
„Die Leiche ist gestern abgeholt
worden. Wann sie aber genau begraben
wird? - Keine Ahnung", wusste Armin
„Nun müssen wir nur noch einen

gemeinsamen Termin finden. Immer
vorausgesetzt, dass Frau Janke noch
Urlaub hat."
Ich schaute meinen Kollegen an und
brachte ihn mit den Worten:„Worauf
wartest du noch?", auf Trab die
beiden anzurufen.
Dienstbeflissen, aber mich
nachäffend: „Worauf wartest du
noch?", stürzte er sich auf die
Akten und suchten nach den
Telefonnummern.
Lisa hatte noch Urlaub, und der
Nachbar von Harry war arbeitslos und
ebenfalls zu Hause. Ein gemeinsamer
Termin war schnell gefunden. Das
„Treffen" war für 17 Uhr geplant.
Der Nachbar sollte um 16.45 Uhr
schon bei uns sein. Wir waren
gespannt, wie es enden würde.

Armin und ich stellten uns ratlos
vor die Magnettafel.
Welche Person fehlte dort?
Ja, die vermeintliche Schwester des
toten Harry. Aber wie soll man die
finden?
Wer weiß wie die heißt? Und, ob
diese Schwester nicht doch Lisa war.

Ich bat Armin sein Glück zu versuchen eine, beziehungsweise die Verwandte von Harry ausfindig zu machen, welche der Nachbar Karski erwähnt hatte.
Der Geburtsname war dann wahrscheinlich Lojewski. Er setzte sich sofort an seinen PC und machte sich an die Arbeit.

Durch einen Anruf der Funkzentrale wurde ich daran erinnert, dass an diesem Vormittag ein Streifenwagen den Zeuge Berger abholen und zu uns bringen sollte. Die Kollegen wollten nun wissen, wo sie den Zeugen hinbringen sollten. Ich teilte dem Kollegen mit, dass wir ihn in unserem Büro haben möchten.
Kurz darauf wurde Herr Berger von einem uniformierten Beamten herein herein geführt.
Ich begrüßte Berger und bat ihn einen Moment Platz zu nehmen. Dem Kollegen, der in gebracht hatte, warf ich noch lächelnd einen dankbaren Blick zu. Er erwiderte: „Alles klar", und schloss die Tür von außen. Ich wand mich kurz dem

Armin zu: „Wir gehen nach nebenan."
„Ok", war sein Kommentar. Knapp und treffend.
Dann bat ich Berger mich in einen Gesprächsraum zu begleiten.
Ich wollte zunächst eine gute Stimmung schaffen: „Ich bin Hauptkommissar Brant. Herr Berger, ich danke ihnen zunächst erst einmal, dass sie so nett waren und gekommen sind.
Er hob verlegen und geschmeichelt seine Schultern und meinte dann grinsend: „Wenn ich kann, helfe ich ja gerne."
Im Raum mit einer dicken 3 auf der Tür setzten wir uns an einen Tisch gegenüber.
„Also, wie sie sich sicherlich denken können, geht noch um den toten Harry Lojewski. Sie sind ja schon etwas im Umgang mit der Polizei erfahren."
Dabei hob ich einen Aktenhefter in die Höhe. Er musste dadurch annehmen, dass der Inhalt seine „Kariere" betraf. Doch in dem Hefter waren unsere Unterlagen vom Fall Michael Köster.

Ich hatte schlicht vergessen seine Akte anzufordern.

Aber mein Gegenüber nickte nur zustimmend. Also konnte ich weiter versuchen ihn aus seiner Zurückhaltung zu locken. Die Kollegen haben mir mitgeteilt, dass sie eine ziemliche Wut auf den Harry hatten, ist das richtig?"
„Das ist wahr. Wenn ich ihn erwischt hätte.... - , ich weiß nicht ob ich zu bremsen gewesen wäre."
„Sehen sie, das genau ist nun mein Problem. Ich bin mir nicht sicher, ob sie nicht vielleicht doch mit dem Toten Kontakt hatten."
Empört lehnte sich Berger zurück.
„Ich kann ja verstehen, dass sie einen Schuldigen brauchen, aber ich habe mit seinem Tod nichts zu tun!"
„Da wäre ja noch die Möglichkeit eines Alibis. Wo waren sie denn zur Tatzeit?"
Leider fiel er auf diese frage nicht herein. - Manchmal klappt es, dieses Mal leider nicht.
„Wann war das denn?", wollte er wissen.

„Donnerstag zwischen 20 und 22 Uhr",
ließ ich ihn wissen.
„Au, au!", entfuhr es ihm,
„Eigentlich war ja Altstadt-Abend.
Da aber meine Kumpel alle zum
Fortunaspiel, das auf diesen Abend
vorverlegt wurde, waren und ich kein
Bock auf Fußball habe, war ich
zunächst bis 10 Uhr bei Lotti, so
heißt die Wirtin von meinem
Stammlokal. Sie können die fragen.
Sie hat sich noch gewundert, dass
ich nicht beim Fußball war, aber sie
wußte nicht noch nicht, dass ich mir
lieber bei der DEG ein Eishockey-
Spiel ansehe. Und wie schon gesagt,
gegen 10 Uhr bin ich dann in die
Altstadt gefahren. Dort haben wir
uns dann alle getroffen."
Diese Antwort gefiel mir natürlich
überhaupt nicht.
„Wenn dem so ist, dann können sie ja
von Glück sagen."
Ich ließ ihn meine Enttäuschung aber
nicht anmerken. „Ok, wir werden das
überprüfen, und wenn das stimmt,
haben sie nichts zu befürchten. Dann
sind sie nun entlassen. Warten sie,
ich bringe sie noch zur

Sicherheitstür."
Wir standen auf und verließen das
Gesprächszimmer.
Nachdem Peter sich endlich
durchgefragt hatte wo er den oder
die zuständigen Kollegen finden
würde, klopfte er genervt an eine
Tür hinter der ein Beamter mit dem
seltenen Namen Bernd Schmitz saß.
Zumindest stand der Name auf dem
kleinen Schild neben dem Türrahmen.
Nach dem „Herein" trat er in das
Büro.
Er stellte sich vor und wies sich
aus. Nachdem er dem Kollege erklärt
hatte, worum es ging, bat dieser
darum mit ihm in den Nebenraum zu
wechseln. Dieser war voll mit
technischen Gerätschaften. Das
einzige was Peter mit Sicherheit
erkannte, waren drei Bildschirme.
Der Kollege Schmitz bot unserem
Peter einen Platz vor einem
Bildschirm an und rollte sich einen
zweiten Stuhl neben ihm. Damit
Schmitz besser an die Tastatur
gelangte rutschte Peter etwas zu
Seite.
Nach einigen Tippern auf

verschiedenen Tastaturen erschien
ein Polizist in holländische Uniform
auf dem Bildschirm. So wie sich
Beide begrüßt hatten, konnte man
erkennen, dass sie sich schon gut
kannten.
Schmitz erklärte dem Holländer, dass
wir die erkennungsdienstlichen Fotos
aus Holland benötigen, um einen
Abgleich mit der Videoaufzeichnung
von der U-Bahnstation machen zu
können.
Der uniformierte auf dem Bildschirm
nickte verstehend und gab dem
Kollegen Schmitz die Zugangsdaten
zur Holländischen Bilderkartei.
Sie wechselten noch einige privaten
Sätze und dann wurde der Bildschirm
wieder dunkel.
„So", meinte Schmitz, dann wollen
wir mal sehen, was unsere Maschine
kann." Er legte die CD der U-
Bahnstation in das Wiedergabegerät.
Erneut eine kurze Tastaturbedienung
und der Computer wurde mit einem
zweiten Bildschirm wieder gestartet.
Auf einem war die Datei aus Holland
und auf dem anderen begann die
Video-Aufzeichnung. Da ja die

ungefähre Uhrzeit, um die es ging,
bekannt war, konnten sie bis dahin
die Aufzeichnung vorlaufen lassen.
Der Mann vom LKA stoppte diese an
dieser Stelle und startete das
Programm der holländischen Kollegen.
Nach dem Vorspann ließ er auch das
Video laufen.
Es Dauerte kaum eine Viertelstunde,
da blieben die Bilder aus dem
Nachbarland stehen und der
Schriftzug „100 % Übereinstimmung"
leuchtete auf.
„Na Herr Kollege", stolz grinsend
drehte sich Schmitz dem Peter zu
„sind wir gut oder gut?"
„Weder noch - ihr seid Spitze!!",
musste Peter anerkennen.
„Das kann man doch bestimmt auch
ausdrucken? So mit allen Angaben,
oder?"
„Natürlich, wie sie schon sagten:
Wir sind Spitze."
Ein paar Minuten später war unser
Kollege wieder auf dem Weg zu uns.

Nach der Mittagspause, die ich außer
Haus verbracht hatte, traf ich mit
meinen Kollegen Armin und Peter

wieder im Büro zusammen.

„Also", begann ich mit dem Ergebnis meiner Unterhaltung vom Vormittag zu berichten. „Ich habe leider keine gute Nachricht für unsere Ermittlungen. Der Berger hat ebenfalls ein Alibi. Das muss uns zwar die Lotti noch bestätigen, aber ich glaube ihm. Er will bis 22 Uhr in der Kneipe gewesen sein. Hoffentlich habt ihr bessere Nachrichten."

Armin meldete sich als Nächster:„Die Suche nach der Verwandten von Harry hat leider nichts ergeben. Ich habe sogar bundesweit recherchiert. Es gibt wohl im „Badischen" einen Onkel 2.Grades, aber sonst waren keine Verwandten zu ermitteln."

Nun war Peter an der Reihe.

Mit einem stolzen Grinsen präsentierte er uns das Ergebnis seines Besuches beim LKA.

Der Holländer hieß Jan van Heugen. Dass er in seiner Heimat gesucht wurde, hatte er Deubel am Telefon schon gesagt.

Was wir natürlich noch nicht wussten, war die Tatsache, dass er

eine lange Liste von Vorstrafen
hatte. Angefangen von einfachen
Diebstählen in seiner Jugend, über
bewaffneten Raubüberfällen bis hin
zu schweren Körperverletzungen.
Er hatte den größten Teil seines
Lebens in Gefängnissen verbracht.
Nun, kurz vor seinem Vierzigstem
Geburtstag, erwartet ihn nur noch
ein Leben hinter Gittern,bis zu
seinem Tod.
Jetzt blieb uns nur noch, erst
einmal abzuwarten, was aus der
Erkennung der Lisa wurde.

Der Nachbar Herr Karski war auch
pünktlich. Wir baten ihn auf der
Bank vor dem Büro platz zu nehmen
und sich die Frau, die dann an ihm
vorbeigeführt würde genau
anzuschauen. Wir würden ihn dann
später fragen, ob das die Frau
gewesen war, die er vor Harry´s
Wohnungstür gesehen hatte.
Er verstand was wir vorhatten und
nahm bereitwillig Platz.
Kurz darauf bekamen wir von der
Pforte den Anruf, dass wir die Frau
Janke am Eingang abholen konnten.

Armin machte sich sofort auf den
Weg.
Nach einigen Minuten betrat er in
Begleitung mit Lisa den Büroflur. In
Höhe des Zeugen Karski blieb Armin
stehen, um, wie es schien, Lisa mit
beruhigenden Worten auf das Gespräch
mit uns vorzubereiten. Der
eigentliche Grund aber war, dem
Herrn Karski etwas Zeit zu gönnen,
Lisa genauer anzuschauen.
Dann führte mein Kollege sie in
unser Büro. Peter und ich erhoben
uns und ich begrüßte sie. Da sie den
Kollegen noch nicht kannte, stellte
ich Ihn vor und schob ihr einen
Stuhl zu, auf den sie sich dankbar
setzte.
Zunächst befragte ich sie nach der
Beerdigung von Micha. Sie teilte mir
unter Tränen mit, dass dieses am
Vortag geschehen war.
Während dessen verließ Armin wieder
den Raum um den auf der Bank
wartenden zu befragen.

Als er wieder zurück kam, nickte er
mir zu. Das bedeutete für mich, Lisa
nun zum eigentlichen Grund ihrer

Anwesenheit zu befragen.

„Frau Jahnke, kennen sie einen Harry Lojewski?"

Sie war sichtlich von dieser Frage überrascht, und man konnte erkennen, dass sie überlegte was sie uns sagen sollte. Sie entschied sich für den falschen Weg.

„Nein, nicht dass ich wüßte", war ihr Versuch uns etwas vor zu machen.

„Ich frage sie dann, wie es sein kann, dass sie vor seiner Wohnungstür gesehen wurden?"

Sie zuckte mit den Schultern und log weiter:„Das kann nur eine Verwechslung sein. Ich war vor keiner Wohnungstür eines Harry Sowieso. Wo soll das den gewesen sein?"

Ich sah an ihrem rechten Handgelenk ein sehr auffälliges Armband. Ich versuchte einen Bluff.

„Also Frau Janke, ich biete ihnen nun eine letzte Chance als geständig eingestuft zu werden. Unser Zeuge hat uns genau dieses auffallend schöne Armband beschrieben." Dabei zeigte ich auf den Schmuck.

Das schien sie zu überzeugen und sie

brach ein. Erneut begann sie zu weinen und begann uns ihre Geschichte zu erzählen:
„Am Samstag nach Michas Tod bekam ich abends Besuch von Klaus Immer, sie wissen doch sicherlich, der Kollege von Micha. Er tat so hilfsbereit, aber ich glaube, er wollte mich nur aushorchen. Er und Michael hatten wohl einen Streit und ich bin das Gefühl nicht los geworden, dass er nur herausfinden wollte, was ich darüber wusste. Ich mochte ihn eigentlich noch nie. Er war mir immer unsympathisch. Als er dann endlich gegangen war, und ich mir bewusst wurde, was Michas Tod in mir verursacht hatte, stellte ich mir die Frage nach dem Täter. Dabei tauchte auch immer wieder Klaus Immer in meinen Gedanken auf.
Ich konnte es mir aber nicht vorstellen, dass er der Täter gewesen sein konnte.
Warum auch? Nur wegen des Streits im Büro? Aber mein Bauchgefühl meinte ich sollte ihn im Auge behalten. Da ich ja meinen Jahresurlaub

genommen hatte, habe ich mir am
Montag einen Leihwagen gemietet und
abends zur Feierabendzeit auf dem
Parkplatz der Firma Erbracht auf ihn
gewartet und bin ihm nachgefahren.
Als wir bei ihm ankamen und ich
glücklicherweise einen idealen
Parkplatz nahe des Hauseinganges
fand, wollte ich zunächst warten.
Welchen Sinn das gehabt hätte, das
weiß ich eigentlich nicht, aber
irgendwie hatte ich die Hoffnung,
dass er seine Wohnung wieder
verlassen würde. Vor der Haustür
traf er mit einem Mann zusammen den
er zu kennen schien. Auch hatte ich
den Eindruck, dass Klaus über dieses
Zusammentreffen nicht gerade erfreut
war.
Jedenfalls verschwanden die beiden
im Hausflur und ich wusste nicht so
recht was ich machen sollte. Während
ich eine Zigarette rauchte, wog ich
das Für und Wider eines Wartens ab.
Gerade in dem Moment, als ich die
Zigarette im Ascher zerdrückte,
öffnete sich die Haustür und der
Besucher von Klaus kam heraus.
Da ich noch immer keinen Entschluss

gefasst hatte, was ich machen
wollte, dachte ich mir, es wäre
vielleicht interessant zu erfahren,
wer dieser ungebetene Gast sei.
Zumal es so ausgesehen hatte, als
sei er ebenfalls nicht gut auf Klaus
zu sprechen.
Als er in seinem Auto saß und
losfuhr, verfolgte ich ihn. Da der
Feierabendverkehr nachgelassen
hatte, war das gar nicht schwer.
Leider fuhr er erst zu einer Kneipe.
Ich wollte nicht schon wieder im
Wagen sitzen bleiben und ging
ebenfalls hinein. Drinnen sah ich
meinen eventuell Verbündeten mit
einigen anderen an der Theke stehen.
Es schien, als seien sie in einem
wichtigen Gespräch vertieft. Ich
setze mich an einen der zahlreichen
freien Tische und bat die Bedienung,
die wohl die Wirtin war, mir ein
Mineralwasser zu bringen.
Damit ich im Bedarfsfall die Kneipe
sofort verlassen konnte bezahlte ich
sofort als das Wasser kam und tat
so, als ob mich das Mobiliar und die
Bilder an den Wänden interessierten.
Dabei hatte ich aber immer ein Auge

auf den Verfolgten gehabt. Und
richtig: Mein Glas war kaum halb
leer, als er seine Zeche bezahlte.
Schnell verließ ich rechtzeitig vor
ihm das Lokal. Kaum war ich in
meinem Wagen, kam der Typ ebenfalls
´raus und die Verfolgung ging erneut
los. Ich hatte keine Ahnung wo wir
eigentlich waren, als er endlich
anhielt und seinen Wagen verließ.
Nun stand ich wieder vor der Frage,
was ich machen sollte. Als ich sah,
dass in der ersten Etage Licht
angemacht wurde, und ich erkannte,
dass mein Zielobjekt die Vorhänge
zuzog, entschloss ich mich, mir
wenigstens die Klingeln anzusehen.
Das Haus hatte nur drei Mietparteien
und in der Mitte stand Lowinski oder
so ähnlich."
„Lojewsli", verbesserte ich sie.
„Egal, am Donnerstag, so gegen
zwanzig Uhr bin ich dann wieder zu
dem Lojewski gefahren. Ich wusste
zwar noch nicht wie ich es anfangen
sollte mit ihm ins Gespräch zu
kommen, aber ich wollte Klaus Immer
als Aufhänger benutzen."
Sie erzählte wie leicht es für sie

gewesen war in Harry´s Wohnung
eingelassen zu werden. Nachdem es
nach einigen Sätzen klar gewesen
war, dass Beide nicht gut auf Immer
zusprechen ihren, bot Harry ihr
einen Drink an. Sie wollte auf
Nummer sicher gehen und lehnte
dankend ab. Ein Glas Wasser nahm sie
aber gerne an.
Für Harry war ihre Ablehnung aber
kein Hindernis sich selbst einen
dreifachen Wodka einzuschenken.
So wie es in der Wohnung aussah, war
ihr Gastgeber sichtlich dem Alkohol
zugetan. Als sie die Wohnung
betreten hatte, konnte sie vom
Korridor einen Blick in die Küche
machen. Dort hatte sie ebenfalls
eine halbvolle Wodkaflasche erkannt.
Sein Trinkverhalten schien ihre
Vermutung zu bestätigen. Nach
einigen Minuten schenkte er sich
erneut einen Dreifachen ein. Nicht
ohne Lisa erneut ein Glas seines
Lieblingsgetränkes anzubieten. Sie
schüttelte lächelnd den Kopf und
lehnte erneut ab.
Lisa fragte Harry wie er Immer
eigentlich kennen gelernt hatte.

„Seine Antwort hatte mich dann doch verblüfft. Er meinte, dass er Immer eigentlich gar nicht kannte, sondern beide einen gemeinsamen Bekannten hatten, bei dem Immer hohe Spielschulden hatte.

Der Bekannte dessen Name, er mir aber nicht verraten wollte, hatte Immer Harrys Telefonnummer gegeben und Immer hatte ihn dann gebeten einen unangenehmen Menschen zum schweigen zu überreden. Dabei grinste er dumm und schmiss sich angeberisch in die Brust. Ich weiß nicht ob es an dem mittlerweile viertem Wodka in seiner Hand lag, oder ob er wirklich so dumm war, mir dann zu schildern wie er Micha umgebracht hatte".

An dieser Stelle musste ich sie unterbrechen.

„Frau Janke, bevor sie weiter reden, muss ich sie darauf aufmerksam machen, dass sie durch ihre Ausführungen uns ein Mordmotiv, wenn auch schwaches, liefern. Sie stehen ab sofort unter dem Verdacht Harry Lojewski getötet zu haben.

Sie brauchen nichts mehr zu sagen,

was sie belasten könnte. Sie können
nun auch einen Anwalt hinzuziehen,
oder verzichten sie auf
Rechtsbeistand? Haben sie das
verstanden?"
Armin war inzwischen zu dem
wartenden Zeugen Karski gegangen und
ihm dankend mitgeteilt, dass er uns
sehr geholfen hatte und nun nach
Hause fahren konnte.

Lisa schien nicht wesentlich
überrascht von dem, was ich ihr
gerade eröffnet hatte.
Sie nickte und überlegte kurz und
sprach entschlossen:„Ich möchte mich
doch lieber, bevor ich weiter rede,
mit einem Anwalt besprechen.
Nun habe ich aber das Problem, dass
ich keinen kenne. Haben sie so etwas
wie ein Anwaltsverzeichnis?"
Peter reichte ihr ein
Branchentelefonbuch in dem sie dann
einen Anwalt aussuchte. Nach welchen
Kriterien sie das getan hatte blieb
uns ein Rätsel.
Da zu dieser fortgeschrittenen
Stunde die Anwaltskanzlei
telefonisch nicht mehr erreichbar

war, bot ich ihr an, am nächsten
Morgen uns um den Anwalt zu bemühen.
Sie nahm das dankend an. Leider
musste ich ihr aber auch mitteilen,
dass sie die kommende Nacht bei uns
in einer Zelle verbringen würde.
Sie nickte resigniert und fragte,
was denn mit ihrem Wagen sei. Der
stand in einer Seitenstraße in der
vormittags Parken verboten ist.
„Wenn sie mir ihren Schlüssel geben
stelle ich ihn bei uns im Hof auf
einen Besucherparkplatz", bot Armin
sich an.
Ich wusste, dass er Lisa mochte und
es ihm leid tat, so mit ihr
verfahren zu müssen.
Wir beendeten die Befragung und
ließen unsere neue Verdächtige zur
Überstellung in eine Zelle abholen.
Wir drei begaben uns dann auch in
unseren wohlverdienten Feierabend.

Jan van Heugen hatte sich am
Donnerstag weitgehend bedeckt
gehalten. Weil der herbstliche
Wettergott es gut mit dem Himmel
über Düsseldorf meinte, konnte er
noch einige nützliche Arbeiten im

Garten verrichten.

Er hätte sich die Arbeit aber besser einteilen sollen, denn nun war ein neuer Tag und er hatte nichts zu tun.

Seinen Onkel hatte er seit dem ersten Streit mit Lore nicht mehr zu Gesicht bekommen. Was er allerdings wenig bedauerte.

Jan hatte nach dem Frühstück mit seiner Tante, ihr deutlich, aber mit Bedauern gesagt, dass es ihm leid tat, mit diesm Thema überhaupt angefangen zu haben. Er wollte sie doch nur auf den rechten Pfad der Tugend zurück holen. Dass ihr Mann ausgerechnet an diesem Tag eher nach Hause kam, konnte außer ihm, keiner wissen.

Sie hatte ihn dann beruhigt:„Lass´s gut sein. Ich bin ja selber schuld an der Situation. Jetzt muß ich die „Rechnung" dafür bezahlen. Vielleicht ist ja doch noch etwas zu retten."

Ein vernünftiges Mittagessen fiel natürlich aus. So hatte er sich eine Pizza kommen lassen und vor dem Fernseher auf den Abend gewartet.

Zum Abend ließ er sich erneut eine
Pizza kommen und hatte sich
vorgenommen, sich am morgigen
Samstag eine neue Bleibe zu suchen.
Freitag 11 Uhr, der Anwalt von Frau
Janke war verständigt und auch
bereit mit ihr zu reden. Er wollte
um 14 Uhr in unserem Büro sein.
Peter setzte sie davon in Kenntnis.
Ihre Antwort: „Ja gut, ich habe im
Moment sowieso nichts vor", ließ
darauf schließen, dass sie ihren
Humor noch nicht total verloren
hatte.
Als der Anwalt bei uns eintraf,
brachte Armin ihn sofort zu Lisa.
Uns blieb nichts Anderes übrig, als
zu warten, bis die Aussprache der
beiden beendet war.
Erst dann konnten wir gemeinsam in
einen der Verhörräume Platz nehmen
und mit der Befragung vom Tag zuvor
fortzufahren.
Der Anwalt, an dessen Name ich mich
heute leider nicht mehr erinnern
kann, begann sofort mit der Frage an
mich:„Was genau werfen sie meiner
Mandantin genau vor?"
Ich gab ihm die gewünschte Auskunft:

„Frau Janke steht in Verdacht den Mörder ihres Verlobten Michael Köster getötet zu haben.
Gestern hatten sie zu Protokoll gegeben wie, sie ihn kennen gelernt hatte. Wir hatten sie daraufhin aufmerksam gemacht, dass sie ab ihres letzten Satzes als mögliche Täterin in Frage kommt. Dann wurde sie darauf hingewiesen, dass sie sich besser erst mit einem Anwalt beraten sollte, bevor sie weiter reden würde."
Haben sie auch nach ihrem Alibi gefragt", wollte der Anwalt wissen.
„Nein – ," gab ich zögernd zu. „Aber wir wollten nicht, dass sie gegebenenfalls eine unüberlegte Antwort geben würde. Ich denke, dass das ganz in ihrem Sinne war, oder?"
Der Anwalt lehnte sich zustimmend nickend in den zurück.
Ich griff die Vernehmung dann endlich wieder auf.
„Also Frau Janke, wir haben gestern unterbrochen, nachdem sie behauptet hatten, dass der Harry Lojewski damit angegeben habe Ihren Verlobten getötet zu haben. Ist das richtig?"

„Ja, ja, er hat so getan, als hätte
er einen Orden dafür verdient.
Richtig ekelhaft war das."
„Aber nun erst einmal zu dem, was
ihr Verteidiger gerade angesprochen
hat: Ihr Alibi – Wo waren sie denn
am Donnerstagabend in der Zeit von
20-22 Uhr?"
„Ich bin kurz vor Acht bei ihm weg
gefahren. Der hat mich angewidert.
Und danach bin ich nach Hause
gefahren. Nein! Zeugen habe ich
natürlich keine", ihre Antwort klang
gereizt.
„Das ist nicht gut für sie",
erklärte Armin ihr, „aber sie haben
ein Motiv."
Der Anwalt mischte sich ein:„Ein
Motiv den Harry Lojewski lieber tot
zu sehen werden bestimmt noch einige
andere haben. Und welches Motiv
unterstellen sie eigentlich Frau
Janke?" „Rache", war meine Antwort.
Armin konnte mit einem belastenden
Indiz aufwarten:„Mir sind an der
Kopfstütze des Beifahrersitzes in
ihrem Auto, das ich Gestern
nachmittags auf unseren Hof gebracht
hatte, einige Haare aufgefallen und

habe diese sichergestellt. Unsere Pathologin war, noch im Haus und hat freundlicherweise die Haare mit einen Haar verglichen, welches in der Stichwunde ihres Verlobten gefunden wurde. Sie ist sich sicher, dass alle Haare von ein und derselben Person stammen. Eine DNS Untersuchung wird das dann noch bestätigen.

Mir sind die Haare aufgefallen, weil normalerweise die Leihwagen vor der Wiederabgabe gesäubert werden. Das heißt, es werden auch die Sitze abgesaugt. Diese Haare aber stammen eindeutig von Harry Lojewski! Können sie uns erklären wie die dort hin gekommen sind?"

„Nein!", fast trotzig klang ihre Stimme. Nach der Antwort schaute sie ihren Anwalt fragend an.

Dieser verzog vielsagend sein Gesicht.

An uns gewand meinte er, dass er es für besser hielt, wenn er noch einmal unter vier Augen mit Lisa sprechen würde.

Das bedeutete für uns, wir sollten kurz den Raum verlassen.

Auf dem Gang, ich war etwas erbost, wollte ich von Armin wissen, warum er die Sache mit den Haaren uns nicht schon eher mitgeteilt hatte. „Tut mir leid, ich hatte das total vergessen. Ich hatte doch, nachdem ich von der KTU zurück war, sofort mit dem Bericht schreiben begonnen, und als ihr dann von der Besprechung ins Büro gekommen seid, hatten wir andere Dinge zu bereden. So ist das mit den Haaren in Vergessenheit geraten. Sorry nochmal."

Seine Erklärung hatte mich wieder beruhigt:„Ok, im Grunde genommen hast du ja ein Lob wegen deiner Aufmerksamkeit verdient."

Peter nickte zustimmend und Armin hatte ein breites Grinsen im Gesicht.

Der Anwalt öffnete kurz darauf die Tür und meinte es könne weitergehen. Als wir Platz genommen hatten, machte uns der Rechtsvertreter mit der neuen Lage vertraut:„Frau Janke möchte ihre Angaben berichtigen und vervollständigen."

Sie nickte zustimmend und begann: „Ja, sie hatten recht. Der Harry

hatte im Auto gesessen. Ich konnte
ihn an dem Abend dazu überreden mit
mir noch irgendwo ein Bier zu
trinken. Als ich auf den Parkplatz
unterhalb der Fleher-Rhein-Brücke
einbog, wurde ihm bewusst, dass wir
von einer Kneipe weit entfernt
waren. Vielleicht hatte er sich auch
etwas anderes erhofft, denn er ließ
ein breites Grinsen erkennen.
Das verging ihm dann aber schnell,
als er die Pistole in meiner Hand
sah. Dass es sich um eine
Schreckschusspistole handelte,
konnte er bei der schwachen
Beleuchtung ja nicht sehen.
Endlich brauchte ich mich nicht
weiter zu verstellen. Ich sagte ihm
wer ich bin und habe ihn
angeschrien, dass er ein blödes
Schwein sei und er mein Leben
zerstört hatte. Dabei wollte ich ihm
Angst einjagen, indem ich ihm die
Waffe an die Schläfe drückte.
Natürlich war ich sehr aufgewühlt
und als er sich ruckartig etwas
aufrichtete, rutschte der Lauf auf
das Ohr und ich habe mich
erschrocken. Dabei ist durch einen

Reflex die Waffe los gegangen.
Als er sofort mit weit aufgerissenen
Augen in sich zusammen sank, war ich
sicher, dass er tot war. Ich war
ziemlich verwundert. Hatte ich doch
immer angenommen, dass man mit so
einer Waffe Niemanden töten konnte.
Ich wollte ihm doch nur Schmerzen
zubereiten. Schmerzen, die im
Vergleich zu meinem Schmerz nur ein
„Mückenstich" gewesen wären. Dann
hätte ich ihn aus dem Auto
geschmissen und er hätte zusehen
können wie er nach Hause gekommen
wäre. Und nun saß er aber tot neben
mir.
Ich bin dann ausgestiegen und habe
ihn durch die Beifahrertür aus dem
Auto gezogen. Damit er nicht so
schnell gefunden werden konnte, habe
ich ein paar Zweige von den Büschen
abgerissen und auf den Toten gelegt.
Danach bin ich dann nach Hause
gefahren. Mir ist mittlerweile auch
bewusst, dass ich alles falsch
gemacht habe. Aber hätten sie mir
geglaubt, wenn ich mit meinem
Verdacht zu ihnen gekommen wäre?"
Sie machte auf uns den Eindruck, als

wäre sie erleichtert, dass sie sich die Geschichte von der Seele hatte reden können.

Ihr Anwalt ergriff als Erster das Wort:

„Nachdem, was wir gerade gehört haben, ist ja nur noch von einer Körperverletzung mit Todesfolge auszugehen. Wobei die besondere Situation und Gefühlslage meiner Mandantin noch zu berücksichtigen sind.

Ich werde mich bei dem Haftprüfungstermin dafür einsetzen, dass Frau Janke bis zur Verhandlung auf freiem Fuß gesetzt wird."

Mir oblag nun die Vernehmung als beendet zu erklären.

Die Beschuldigte wurde wieder in die Obhut der Kollegen von der Untersuchungshaft gegeben.

Der Anwalt verabschiedete sich und wir gingen in unser Büro. Dort setzten wir uns schweigend auf unsere Stühle. Armin und ich hätten uns lieber einen anderen Täter gewünscht, denn Lisa Janke hatte in den vergangenen Tagen unsere Sympathien gewonnen.

Wir hofften für sie, dass ein verständnisvoller Richter ein mildes Urteil fällen würde.

Es half ja alles nichts, wir mussten uns nun um den Holländer kümmern. Da das LKA für ausländische Straftäter zuständig ist, rief ich dort an und ließ mich mit einem zuständigen Kollegen verbinden. Meine Information stieß zwar auf offene Ohren, aber auf Grund aktuellen Personalmangels meinte der Kollege, dass er uns maximal einen Beamten als Unterstützung und damit der Zuständigkeit genüge geleistet würde, mitgeben konnte. Zumal wir schon soweit vorgearbeitet hatten. Später könnte dann weiter entschieden werden, wie mit dem Polizistenmörder verfahren würde. Ich bat noch darum, ihn so schnell wie möglich zu uns zu schicken. Es wäre gut, wenn er bei der Planung der Festnahme dabei wäre. Von der anderen Seite der „Leitung" wurde mir zugesichert, dass er in einer Viertelstunde bei uns wäre. Um sicher zu sein, dass der

Holländer Morgen früh, wenn wir das
Haus Erbracht aufsuchen wollen, auch
zugegen ist, veranlasste ich per
Telefon einen Überwachung des
Grundstückes von der Bereitschaft.
Armin hatte sicherheitshalber einige
Kopien vom Foto des Holländers
gemacht und noch schnell zur
Bereitschaft gebracht und Peter die
Daten in die Fahndung eingeben.
Zuverlässig sind sie die Kollegen
vom LKA, das kann man nicht
bestreiten. Genau nach der
versprochenen Zeit klopfte es an
unsere Bürotür. Peter öffnete und
ließ ihn eintreten. Wir waren aber
sehr erstaunt, dass Er eine Sie war.
Sie stellte sich als Kommissarin
Lena Elftal vor und sah eher aus wie
eine Gewichtheberin, als eine
Kommissarin. Aber vielleicht war sie
auch beides. Sie war trotz ihrer
„sportlichen" Figur eine hübsche
Frau um die Dreißig. Ihre Kleidung
war angemessen und praktisch für
polizeiliche Einsätze. Da wir vor
Erstaunen immer noch mit offenen
Mündern sie anstarrten, fragte sie
mit fester Stimme und einem

Schmunzeln auf den Lippen: „Mit wem
habe ich es zu tun? Wer von ihnen
ist Hauptkommissar Brant?
Als der lebenserfahrenste von uns,
hatte ich mich zu erst gefangen,
stand auf und ging auf sie zu: „Ich
bin Hauptkommissar Brant." Dabei
reichte ich ihr die Hand. Um die
Kollegen vorzustellen drehte ich
mich zu ihnen um: „Die beide
Kollegen, die immer noch den Mund
auf haben, sind die Kommissare Armin
Becker und Peter Keller." In dieser
Reihenfolge standen auch sie auf und
schüttelten die Hand der Kollegin.
Ich bot ihr einen Stuhl an, auf den
sie dankend Platz nahm. „Sie müssen
entschuldigen, aber uns wurde ein
männlicher LKA-Beamter angekündigt.
Mit einer Kollegin hat keiner
gerechnet. Nichts desto-trotz:
Herzlich willkommen in unserem
kleinen Team. Wissen sie worum es in
etwa geht, bei unserem Vorhaben?"
wollte ich wissen.
„Man sagte mir, dass es um eine
Festnahme eines Holländers der einen
jungen Kollegen erschossen hat. Wo
und wann hat mir keiner gesagt.

„OK, Wie wir vorgehen wollen werden
wir gleich erarbeiten. Wann der
Einsatz beginnt? Ich denke wir
werden die Verhaftung in Anbetracht
der bald einsetzenden Dunkelheit
besser in den frühen Morgenstunden
vornehmen.
Laßt uns in den kleinen Sitzungssaal
gehen, da ist ein Beamer und eine
grosse Leinwand. Wir können dort mit
Google Earth uns das Gelände
ansehen."
Ich ging vor und die liebe
Kollegenschaft hinter mir her. Armin
der das Büro abgeschlossen hatte,
beeilte sich, nicht den Anschluss zu
verlieren.
Da ich nicht wusste, ob die Kollegin
Elftal vielleicht Raucherin war,
wollte ich ihr die Gelegenheit
geben, vorher noch eine Zigarette zu
rauchen, als wir an der der Tür zum
Hof vorbeikamen. Sie nahm das
Angebot lächelnd und dankbar an.
Zu den beiden „Jungs" sagte ich:
„Geht schon ´mal vor und erledigt
das technische, wir kommen dann
nach."
Als der Glimmstängel der Kollegin

brannte, machte ich sie mit den bekannten Fakten des Jan van Heugen bekannt und warnte sie vor seiner Gefährlichkeit. Besonders auch deshalb, weil davon auszugehen ist, dass er immer noch die Waffe des getöteten Kollegen in Besitz hatte. Sie drückte, wie mir schien, etwas vorschnell die Zigarette aus und wir folgten den beiden Kollegen.

Im Sitzungssaal hatten die Kollegen schon ganze Arbeit geleistet. Auf der Leinwand war das Haus mit den umliegenden Nachbargrundstücken zu erkennen.

Was ich aber sah gefiel mir gar nicht. Nach einem kurzen Blick auf die örtlichen Gegebenheiten, war mir klar: Ohne das Mobile-Einsatz-Kommando war da keine gesicherte Festnahme möglich.

Ich bat Armin mit seinem Handy beim MEK anzurufen. Ich wollte einen der Kommandoführer bei der Planung dabei haben. Als Armin die Verbindung hatte, reichte er mir sein Handy. Ich trug meine Bitte vor und es wurde mir versprochen, dass es keine Zwei Minuten dauern würde, bis ein

Kommandoführer bei mir sein würde.
Während der Wartezeit schauten wir
vier uns die Luftaufnahme mit
einigem Zweifel an.
Grundstück für Grundstück schlossen
sich rechts und links an . Dahinter
war ein unübersichtliches Gelände
mit Büschen und Bäumen. Dort musste
auf jeden Fall eine Absicherung hin.
Ebenso zu den Nachbargrundstücken.
Nach Fünf Minuten trat ein MEK-
Kollege in fast voller „Montur" zu
uns in den Raum.
Fünf Minuten – keine Zwei, wie
versprochen. MEK ist eben kein LKA!
Ich setzte ihn davon in Kenntnis was
dort auf der Leinwand zu sehen war,
und dass wir dort die Verhaftung des
Polizistenmörder stattfinden soll.
Fachmännisch schaute der Kollege
sich alles mit geübten Blick an und
teilte meine Auffassung, bezüglich
des notwendigen MEK-Einsatzes. Er
machte sich notwendige Notizen und
nahm die restlichen Fahndungsfotos
von van Heugen für den Einsatz am
nächsten Tag mit. Wir hatten jeder
von uns schon eins eingesteckt.
Leider war unser Vorgehen davon

abhängig, dass der van Heugen auch im Haus ist. Die Kollegen von der Überwachung vor dem Haus hatten den Auftrag uns sofort zu benachrichtigen, wenn er gesichtet würde.

Der Kommandoführer vom MEK hatte eine frühe Stunde vorgeschlagen. Ideal wäre es, wenn die Täter noch im Bett lägen. Dann war in der Regel die Gegenwehr geringer.

Ich drehte mich zu meinen aktuellen Mitarbeiter um und fragte, wer am nächsten Morgen um Acht Uhr nicht den Dienst antreten konnte. Keiner war der Meinung, dass es zu früh war. Als ich die Uhrzeit genannt hatte, sah ich den MEK-Führer fragend an. Dieser nickte nur zustimmend.

Die Wahrscheinlichkeit, den Holländer so früh anzutreffen war ziemlich hoch. Sollte bis dahin von der Überwachung noch keine Meldung eingegangen sein, werden wir trotzdem an schellen. Sollte er das Haus schon verlassen haben oder die Nacht woanders verbracht haben, werden wir ein paar belanglose

Routinefragen stellen und wieder
abziehen. Die Beobachtung sollte
aber aufrecht erhalten bleiben. Das
MEK und wir wollten dann in
Alarmbereitschaft in der Nähe
bleiben. Zumindest bis Elf Uhr.
Also stand unser Dienstbeginn für
den anderen Tag fest.
Acht Uhr in unserem Büro, Abfahrt
vom Hof um Viertel nach Acht. Der
Mann vom MEK verabschiedete sich von
uns und wir machten im Saal wieder
Klar-Schiff. Das heißt: Die anderen
machten Klar-Schiff, schließlich war
ich der Vorgesetzte und schon alt!!!
Ein Blick auf meine Uhr und mein
Magen sagten mir, dass es Neunzehn
Uhr und Zeit für ein Abendessen war.
Meine Kollegen sahen das ganz
genauso.
Auf dem Parkhof verabschiedeten wir
uns von einander und fuhren nach
Hause. Ich jedenfalls!

Ein fürchterlicher und laut
schrillender Ton fegte um
fünfuhrdreißig durch unser
Schlafzimmer an diesem Samstag. Ich
hörte die genervte Stimme meiner

geliebten Irmgard: „Schaaaatz",
ebenfalls laut, „mach den verdammten
Wecker aus. Warum hast du nichts
davon gesagt, dass du heute früher
aufstehen musst? Warum eigentlich?"
Allmählich war wieder Leben in
meinem Kopf eingetroffen.
„Du weißt doch, dass ich dir nichts
sagen darf, aber soviel kann ich
sagen, wir müssen heute eher
anfangen. Wir wollen einen Wurm
fangen."
„Ha, ha, deine Witze waren auch
schon besser! Los steh´auf,
ich möchte noch etwas schlafen,
-Schatz-!"
Das war wieder so ein Morgen, an dem
die Frauen von uns besser nicht
wissen, was abgeht.
Ich murmelte etwas von einem
Reserveeinsatz für eine
Kollegengruppe. Dass wir für den
Fall, falls mehr Kollegen
erforderlich sein sollten, schnell
zur Stelle sein können.
Aber ich glaube, sie hatte die
letzten Worte nicht mehr gehört,
sondern schon wieder schlief.
Pünktlich um Acht Uhr traf ich mit

en beiden Kollegen und unserer
     stärkung vom LKA die Kommissarin
     na Elftal zusammen.
emeinsam holten wir uns aus der
Waffenkammer unsere
Sicherheitswesten. Für diesen
Einsatz eine unerlässliche
Vorsichtsmaßnahme. Van Heugen hatte
nichts mehr zu verlieren.
Als wir dann den Fahrzeughof
betraten, herrschte dort schon ein
geschäftiges Treiben des MEK.
Einige Minuten später waren wir mit
einigen neutralen Fahrzeugen auf dem
Weg zur Tiergartenstraße 160. Dort
warteten wir zunächst bis das MEK
sich positioniert hatte und wir das
Zeichen des Kommandoleiter für
unsere geplante Festnahme bekommen
würden. Unsere Wartezeit dauerte
etwa zehn Minuten, dann konnten wir
uns dem Haus nähern. Rechts und
links neben der Eingangstür hatten
sich schon je ein Kollege des MEK
platziert.
Nach mehrmaligem klingeln wurde uns
geöffnet. Eine blonde etwa
vierzigjährige und gutaussehende
Frau öffnete. Sofort erkannte sie

unsere Sicherheitswesten mit der
Aufschrift: POLIZEI. Wir stellten
uns vor und stellten die üblichen
Fragen. Wer sie war, - Frau Erbracht
-, ob sie den Jan van Heugen kenne,-
ja - und ob sie wisse wo er sei, -
sie zeigte mit dem rechten
Zeigefinger nach oben. Das sollte
wohl bedeuten: In einem der oberen
Zimmer.
Wir ließen den MEK-Leuten den
Vortritt. Sie schlichen die Stufen
zur oberen Etage hoch und schauten
von oben fragend die Frau Erbracht
an. Sie schwieg weiterhin und gab
ihnen mit ihren Fingern zu
verstehen, welches Zimmer es war.
Meine Kollegen und ich waren
ebenfalls oben angekommen. Gerade
als die Beamten sich in Bewegung
setzen wollten, wurde die besagte
Tür aufgerissen und der Gesuchte
sprang mit der Pistole des getöteten
Kollegen Sulke aus dem Raum. Er
richtete die Waffe auf uns. Als er
aber erkannte, dass er es mit Sechs
auf ihn gerichtete Waffen zu tun
hatte, gab er resignierend auf.
Die Kommissarin vom LKA Lena Elftal

ihn mit der Begründung fest, er
.de in Verdacht einen Polizisten
Dienst erschossen zu haben.
während der Formel, er brauche keine
Aussage zu machen, und so weiter...,
legte sie ihm die Handschellen an.
Lore Erbracht hatte vernommen, warum
ihr Neffe festgenommen wurde.
Wütend und mit geballten Fäusten
stürzte sie sich auf ihn. Bevor sie
aber zuschlagen konnte, ist Armin
dazwischen gegangen und hat sie zur
Seite gedrängt.
Das aber hinderte sie nicht, ihn zu
beschimpfen. „W a s hast du
gemacht? Bist du eigentlich nur
blöde? Und dann kommst du auch noch
hierher und zerstörst meine Ehe?"
Wenngleich das Letztere sachlich
nicht ganz stimmte, so konnte ich
sie gut verstehen. Es war ihr
anzusehen, dass jegliches
Verständnis, was sie immer für ihren
Neffen hatte, aus ihr gewichen war.
Der schaute sie nur stumm an und
zuckte mit den Schultern, als er an
ihr vorbei geführt wurde.
Ich wand mich der Frau Erbracht zu:
„Es tut mir leid, dass wir ihnen

diese Sache nicht ersparen konnten. Sie und ihren Gatten bitte ich uns in den nächsten Tagen im Polizeipräsidium aufzusuchen. Wir benötigen noch ihre Aussagen."

Sie nickte mir zu und verschloss, als wir die drei Stufen vor dem Eingang hinunter gingen, total verstört die Tür.

Die Kollegin Elftal veranlasste, dass Jan van Heugen vom MEK zum Landeskriminalamt gebracht wurde.

Die Kollegen dort waren ja nun im Fall der Ermordung von unserem jungen Kollegen, zuständig.

Unsere Arbeit auf dem Grundstück der Familie Erbracht war getan, also fuhren wir zurück ins Präsidium.

Dort angekommen setzte sich die Kollegin vom LKA in ihren knallroten Toyota Sivic und machte sich auf den Weg zu ihrer Dienststelle.

Für uns gab es weiter nichts zu tun außer die Abschlussberichte zu schreiben.

Da aber meinen Kollegen Armin Becker und Peter Keller klar war, wer diese schreiben würde, lud ich sie vorher, als Entschädigung, zu einem

stück in unsere Kantine ein.
nahmen dankend an.


```
=====================================
```
Nachlese zu unserer Fall-Lösung
```
=====================================
```


Bei Brötchen, Margarine, Wurst und
Marmelade sprachen wir über den
Fall, oder besser: die letzten
Fälle.
Wir waren uns einig:

Hätte der tote Michael gewusst, wie
sich seine Entdeckung entwickeln
würde, hätte er sich abwartend
verhaltend.
Zwar wurde durch ihn eine
Unterschlagung entdeckt, aber
sicherlich rechtfertigte das nicht
seinen Tod.
Aber: Mit einem Mord fing alles an.
Es folgte Mord 2 und 3. Eine
Autoschiebebande wurden verhaftet
und ein illegaler Spielclub
ausgehoben, weiterhin wurde eine
scheinbar glückliche Ehe zerstört.

Das alles nur weil Michael mit
seinem Kollegen über seinen Verdacht
gesprochen hatte.

Wir erfuhren später, dass bei Lisa
Jankes Gerichtsverhandlung eine
Richterin den Vorsitz geführt hatte.
Sie hatte zwar Verständnis für Lisa
gehabt, musste aber dennoch ein
Urteil sprechen.
Lisa wurde wegen Körperverletzung
mit Todesfolge zu zwei Jahren
Gefängnis auf Bewährung verurteilt.

Sie konnte aber wieder, weil ihre
Verurteilung einem Unfall zu Grunde
lag, bei ihrer Fluggesellschaft
weiter arbeiten, so dass sie
zumindest sozial abgesichert war.

Wie abgesichert ihr Innenleben war,
das wusste nur sie.

Ich darf und möchte mich an dieser Stelle

bei meiner lieben Ehefrau

Lianne

bedanken, dass sie mich so tapfer und

geduldig bei der Arbeit an diesem Buch

unterstützt hat.

Ende